# Die Weiber-büchse

*Wild, Wilderer, Pfäffli.*
*Die Geschichte*
*einer Wandlung.*

Dänu Wisler

# Die Weiber-büchse

*Wild, Wilderer, Pfäffli. Die Geschichte einer Wandlung.*

Roman

WEBERVERLAG.CH

**Impressum**



**Texte und Illustrationen** Dänu Wisler

**Werd & Weber Verlag AG**
Gestaltung Titelbild: Sonja Berger
Gestaltung Inhalt: Susanne Mani
Lektorat: Madeleine Hadorn
Korrektorat: Lisa Inauen

ISBN 978-3-03818-212-2

www.werdverlag.ch
www.weberverlag.ch

Der Verlag Werd & Weber wird vom Bundesamt für Kultur mit einem Strukturbeitrag für die Jahre 2016–2020 unterstützt.

# Inhalt

# Vorwort

Oft bin ich auf Besuch bei älteren Verwandten, Bekannten und Freunden. Ich liebe ihre Geschichten aus alten Zeiten, und sie erzählen sie gerne. Manchmal mit einem Augenzwinkern, oft schmunzelnd, hie und da mit Wehmut. Damit einige dieser aufgeschnappten Anekdoten der Nachwelt erhalten bleiben, habe ich mich zum Schreiben dieses Romans entschlossen. Und um den Lesegenuss zu erhöhen, habe ich sie mit einer Geschichte verflochten, die auch heute geschehen könnte. Auch wenn einige Protagonisten von damals nicht mehr unter uns weilen, reichen ihre Spuren doch bis in die Gegenwart. Manche der Schilderungen beziehen sich auf Ereignisse, die tatsächlich stattgefunden haben und sind im Anhang (ab Seite 114) ausführlicher erklärt. Die Namen wurden geändert, Ähnlichkeiten mit heute lebenden Personen sind rein zufällig.

Immer wieder kam bei meinen Besuchen das Wildern zur Sprache, das früher bei vielen Familien in ärmlichen Verhältnissen zum Alltag gehörte. Fritz Linder, einer meiner Interviewpartner, drückte es so aus: «Was sollte man tun, wenn mehr Kinder am Tisch waren, als Kühe im Stall standen?» Ein Bauer, der sich nur ganz selten Fleisch leisten konnte, erteilte seinen Buben deshalb folgenden Rat: «Wenn ihr Fleisch wollt, müsst ihr es selber holen. Patronen habe ich, und die Flinte ist im Gaden oben.»

In diesem Roman soll weder die Wilderei verherrlicht noch gesetzesloses Handeln gerechtfertigt werden. Meine Geschichte ist lediglich ein Versuch, das Vorgehen der Menschen im bäuerlichen Umfeld von damals verständlich zu machen.

All denen, die mich mit ihren Geschichten inspiriert haben, gilt mein Dank. Besonders zu erwähnen sind Alfred und Vreni Flükiger, Ruedi und Heidi Kölliker, Rolf und Hanni Steffen, Alice Scheidegger, Fritz Linder sowie «Chäppu» Wisler vom Horn und «Chäppu» Wisler von der Lämpenmatt.

*In diesem Sinne: Wild, Wilderer, Pfäffli!*
*Viel Spass bei der Lektüre!*

Dänu Wisler, im März 2019

*Jeder Schweizerbürger ist verpflichtet, bei seiner Verehelichung oder bei seiner Aufnahme in die Nutzungen der Korporationsgüter zu bescheinigen, dass er ein Infanteriegewehr und eine Patronentasche, oder einen Stutzer und einen Waidsack eigenthümlich besitzt, und den Gegenstand der Bescheinigung bis zum Ablauf des militärpflichtigen Alters zu behalten.*

*§ 152 aus dem Gesetz über die Militärorganisation des Kanton Bern vom 17. Mai 1842.*

*Kapitel 1*

# Der Landpfarrer

Max Pfäffli hatte das Profil und den Schleim einer Weinbergschnecke. Diese Beschreibung des Pfarrers darf keineswegs als abwertend verstanden werden. Es war die unsichtbare Kraft seines Amtes, welches nach und nach alle seine Ecken und Kanten abgeschliffen hatte. Um die Leute nicht zu vergraulen und den Mitgliederschwund in der Kirche nicht zu beschleunigen, galt es, nicht anzuecken und nicht zu provozieren, sondern nett und korrekt zu sein. Pfäffli hatte das gelernt. Er hatte gelernt, langsam und deutlich zu sprechen, seinen Worten Nachdruck zu verleihen, rhetorische Pausen einzulegen und ruhig zu bleiben. Er hatte gelernt, Predigten zu halten, die alles meinen, ohne etwas zu sagen. Pfäffli war der Inbegriff der organisierten Langeweile, es gab nichts gegen ihn einzuwenden, er schien vollkommen und allem überlegen. Und sollte es doch ein Laster in seinem Leben gegeben haben, so wusste er es geschickt zu verbergen. Nur heimlich erlaubte er sich ab und zu den Genuss des Besserwissens oder der moralischen Selbstgefälligkeit. Mit amtlichem Interesse kultivierte Pfäffli eine gewisse Volksnähe, die er als Landpfarrer im emmentalischen Dürrenroth für unabdingbar hielt. Er besuchte die Viehschau und das Schützenfest. Und doch wurde er mit dem Dorf nicht richtig warm, obwohl er bereits seit drei Jahren hier lebte.

Pfäffli wohnte unverheiratet in einem stattlichen Pfarrhaus, dem – nach der Kirche – ersten Steinbau des Dorfes. Die Fenster in ihren Sandsteinfassungen mit dunklen, mattgrünen Läden wiesen Richtung Dorf. Über die Rasenanlage zwischen Kirche und Pfarrhaus führte ein asphaltierter Fussweg an einer mächtigen Linde vorbei zum Eingang. An der eichenhölzernen Türfassung hing ein Holzgriff an einer dünnen Eisenstange, mit welchem man die Hausglocke betätigen konnte. Nach dem Klingeln dauerte es zwanzig Sekunden, bis Pfäffli die Türe öffnete und den Besucher begrüsste. Milde blaue Augen, hinter mit Kunststoff umrahmten Brillengläsern, bürgten dafür, dass das Lächeln in seinem femininen Gesicht nicht unecht wirkte. Die langen, blonden Stirnfransen wurden dann und wann nach links gestrichen und fanden am Brillenbügel Halt. Wenn es etwas zu besprechen gab, wurde der Besucher ins Büro geführt. Viele Pfarrer hatten hier schon studiert, verwaltet oder regiert, den Glauben der Alten gepflegt oder belächelt. Säuberlich geordnet, in Holzregalen, befanden sich dicke Bücher. Theologie, Philosophie und Psychologie – das gesammelte Schweigen des Max Pfäffli. All das, was er gerne gesagt hätte, aber weder passende Gelegenheiten noch Gehör dafür gefunden hatte.

Nur wenige und zumeist ältere Menschen sahen in Pfäffli eine Respektsperson. Für andere stand er alleine schon aufgrund seines Berufes unter Verdacht, schwul, pädophil oder schuld an allen Missständen der vergangenen 2000 Jahre zu sein. Für die meisten allerdings war Pfäffli einfach ein netter Kerl, den man sich möglichst vom Leibe hielt, so wie etwa den Zahnarzt.

Einer der wenigen Unterstützer von Max Pfäffli war Hans Frei von der Heimisegg. Der ehemalige Landwirt mit Jahrgang 1928 war im Dorf allgemein als Heimiseggler bekannt. Sein weisser, gepflegter Vollbart zeugte von Gemütlichkeit, seine glasklaren, blauen Augen von Scharfsinn und seine Hakennase von Charakter. Hans kannte das Dorf und seine Menschen wie kein Zweiter. Im Gemeinderat wurde kaum je ein wichtiger Entschluss gefasst, ohne dass vorher noch der Heimiseggler nach seiner Meinung gefragt worden war. Seine bescheidene Art und sein Weitblick wurden von allen geschätzt. Pfäffli, der Denker, Zergliederer, Freund alldessen, was sich wissenschaftlich nannte, lächelte freilich insgeheim über den Heimiseggler. Er konnte wenig anfangen mit derart einfältigem Glauben, wie Hans ihn pflegte und der ab und zu an Aberglauben grenzte. Als zum Beispiel im Hinterhaus der Beieler-Sami starb, ging Hans persönlich von Bienenvolk zu Bienenvolk, klöpfelte sachte an jeden Kasten und sagte: «Der Vater ist gestorben.» Unterlasse man dies, so würden auch die Bienen sterben, sagte Hans. Solcher Blödsinn interessierte Pfäffli höchstens aus anthropologischer Sicht. Überhaupt war die Gegend eine ergiebige Fundgrube, um die Seelen dieser Menschen zu erforschen. Seelen, welche der Landschaft mit ihren fast undurchdringlichen Gräben und Schluchten und den harmonisch runden Hügelzügen und Eggen sehr ähnlich waren.

Den in Ostermundigen aufgewachsenen Max Pfäffli hatten mehrere Gründe dazu bewogen, sich in Dürrenroth als Pfarrer zu bewerben, und die meisten davon waren ihm bewusst. Zum einen hatte sein Grossvater hier gelebt. Einige frühe Erinnerungen an die beim Grossätti verbrachten Ferien warfen immer noch ihre goldenen

Strahlen in Pfäfflis Gegenwart. Das war allerdings lange her. Der Grossätti war gestorben, als Max zehn Jahre alt war. Ein weiterer Grund für seine Bewerbung war Pfäfflis ausgeprägter Idealismus. Er war der Ansicht, eine liberale und weltoffene Pfarrperson wie er würde dieser Kirchgemeinde auf dem Weg in die Zukunft guttun. Dass Pfäffli dann auch gewählt wurde, hatte er nicht zuletzt dem Heimiseggler zu verdanken. Dieser hatte sich von Anfang an für ihn ausgesprochen und nach dem Amtsantritt auch als regelmässiger Gottesdienstbesucher hinter ihn gestellt.

Die Jahre gingen ins Land. Das Dörfchen Dürrenroth hielt sich an einen Kalender, der nicht oft mit dem Kirchenjahr übereinstimmte. Die Leute feierten Feste und gingen Freizeitbeschäftigungen nach, zu denen Pfäffli den inneren Zugang im besten Fall vortäuschen konnte. Sport- und Samariterverein, das schien ihm soweit sinnvoll. Auch für die zwei ortsansässigen gemischten Chöre und für die Musikgesellschaft fand er lobende Worte, falls seine Meinung gefragt war. Was die Kleintierfreunde genau taten, entzog sich zwar seiner Kenntnis, konnte aber nichts Schlechtes sein. Welchen Zweck jedoch der Kavallerieverein verfolgte, war ihm eher suspekt. In Anbetracht der zwei Schützenvereine im Dorf und der SVP-dominierten Politik war bei den Kavalleristen eine politisch fragwürdige Neigung nicht auszuschliessen. Ebenso bei den Hornussern, obwohl Pfäffli nicht so richtig verstand, worum es bei dieser Sportart eigentlich ging. Ihm schien, als stünden die Spieler den grössten Teil des Wettkampfes untätig auf dem Feld herum, so als müssten sie die Kräfte sparen für den geselligen Teil beim Bier.

Das Rad der Zeit drehte sich stetig, nicht immer wie geschmiert, aber für Pfäffli rund genug, um zurechtzukommen. So wäre es wohl auch geblieben, vielleicht bis zu jenem fernen Tag in der Zukunft, an welchem er eine neue Herausforderung an einem anderen Ort gefunden hätte. Vielleicht sogar bis zu seiner Pensionierung.

Aber es kam anders, ganz unerwartet im Frühling. Traditionsgemäss eröffneten die Oberwaldschützen am ersten Sonntag im März die Saison. Von allen Seiten strömten die Schützen daher, junge und alte, ihre Gewehre umgehängt, gut gelaunt und nicht wenige in weiblicher Begleitung. Die einen zog es direkt in die Gaststube der Wirtschaft, ein stattliches Berner Bauwerk, in dessen Bogenschalung am Giebel sich uralte Malereien mit biblischen Motiven befanden. Die anderen schritten erst zum Schiessplatz, wo es nach verbranntem Pulver roch und sich die Abfallkübel mit leergeschossenen Patronen füllten.

Ein anderes Bild bot sich derweil in der Kirche. Die ohnehin meist magere Besucherzahl hatte sich an diesem Sonntag noch einmal um die Hälfte reduziert. Nur dank der Anwesenheit des Sigristen und der Organistin brauchte Pfäffli beide Hände zum Zählen. In seiner Gefühlswelt braute sich Düsteres zusammen. Seine Magenmuskeln verkrampften sich. Die Stirnfransen fanden keinen Halt und fielen ihm dauernd ins Gesicht. Sein Wortfluss harzte und die ganze Liturgie erschien ihm so nutzlos und nahezu lächerlich, wie wenn er einen Kübel Wasser zum Bach hinuntergetragen hätte. Gelinde ausgedrückt: Pfäffli war innerlich aufgebracht. Berndeutsch gesagt: Er war stärnsverruckt! Am meisten wurmte es ihn, dass nicht einmal der Heimiseggler anwesend war. Dass sich selbst Hans durch diese primitive Bolzerei vom Kirchgang abhalten liess, gab Pfäffli zu denken.

Es folgten einige Tage des Schmollens und des Schweigens. In seinem Kopf knetete Pfäffli die dörflichen Gepflogenheiten durch, kombinierte sie mit den Wahlresultaten und dem offensichtlichen Desinteresse an geistig Hochstehendem, wie es etwa in der Kirche geboten wurde. All dies liess ihn zur Schlussfolgerung gelangen, dass er, Max Pfäffli, bei der Dorfbevölkerung eine wichtige mentalhygienische Aufgabe zu erfüllen hatte.

*Kapitel 2*

# SIE NANNTEN IHN GÜGI

✦

Der Frühling kam. Junges Gras überzog die runden, gewölbten Hügel wie ein weicher Teppich. Die braunen, scharf umrissenen Aststrukturen der Bäume verbargen sich allmählich in einem frischen Blätterkleid. Pfäffli achtete sich dessen wenig. Er war Höherem verpflichtet. Auf seiner Agenda standen Themen wie der interreligiöse Dialog, Tierschutz und Toleranz im zwischenmenschlichen Miteinander. Innerlich hatte er allem den Krieg erklärt, was das Erreichen dieser edlen Ziele gefährden könnte. Was alles dazu gehörte, gedachte er mit der Schärfe eines Seziermessers herauszuarbeiten. Eines stand für ihn bereits fest: Wer der Waffenhandhabung frönte, hatte den Anschluss an die Neue Welt verpasst und galt als potenzieller Aggressor in einem friedlichen Zusammenleben.

Pfäffli bereitete sich vor auf seinen ersten Streich. Diesen plante er auf den letzten Sonntag im April, an welchem er in seiner Predigt eine Beurteilung der aktuellen Politik einzubauen gedachte. In unerbittlicher Klarheit sollte dies geschehen. Nach reiflicher Überlegung kam er jedoch zum Schluss, nicht gerade mit der Türe ins Haus fallen zu wollen. Statt die Dorfpolitik gedachte er gleich die ganze Welt ins Visier zu nehmen, insbesondere die USA. Das war weit genug entfernt, um nicht jemandem vom Dorf persönlich auf die Gummistiefel zu treten. Zudem zeugte es von seinem globalen Durchblick.

Die Glocken läuteten bereits, als Pfäffli nun vom Pfarrhaus zur Kirche schritt. Majestätisch schwoll der Klang an, schwebte über den Dächern des Dorfes, drang hinaus zu den abgelegenen Weilern in den hintersten Chrächen. Pfäffli drehte seinen Kopf zum Parkplatz ausserhalb der Kirchhofmauer. Die bekannten, meist mit Vierradantrieb ausgestatteten Fahrzeuge waren alle da. Unter anderem der rote Toyota Corolla von Hans Frei. Einzige Ausnahme im gewohnten Bild war ein weisser Pick-up mit breiten Reifen und eingetrockneten Dreckspritzern an den Seitentüren. Der gehörte Marco Brunner, besser bekannt unter dem Namen Gügi. Niedlicher Name, dachte Pfäffli, passt gar nicht zu ihm. Man musste Pfäffli beipflichten. Dürfte ein Auswärtiger für dieses tattooverzierte Stück Mensch eine passende Bezeichnung suchen, wählte er sicher anders. Wenn es nett sein sollte, dann vielleicht Mani. Wenn treffend, dann Bomber und wenn zynisch, Adolf. Der wird wohl schon im «Bären» bei einem Bier sitzen, vermutete Pfäffli. Und wenn er ehrlich sein sollte, dann war es ihm recht so. Natürlich hätte sich Pfäffli für seine Botschaft kein passenderes Publikum vorstellen können als gerade eben diesen Gügi. Aber mit dem Krach zu bekommen, wollte er doch lieber nicht riskieren. Pfäffli schüttelte den Kopf. Darüber musste er sich wirklich nicht den Kopf zerbrechen. Gügi war kein Kirchgänger. Nach Pfäfflis Einschätzungen bewegte sich dessen Aktionsradius zwischen Baustelle, Beiz und Schützenhaus. Und wenn er zwischen dem Original von Mona Lisa oder einem Pirelli-Kalender zu wählen hätte, würde er wohl kaum die Mona Lisa nehmen. Ausser vielleicht als Zielscheibe.

Das wäre ein Bild... der in der Kirche, schmunzelte Pfäffli und stellte sich Gügis runden, rasierten Kopf vor, über den ein strenges, zentimeterkurzes Haarprofil im Irokesenstil verlief.

Die Glocken verstummten. Die Organistin hantierte an den Registern herum, wobei sie sich dafür entschied, gleich alle zu ziehen. Dann ging es los: Wilde Harmonien in Dur und Moll jagten sich gegenseitig durch das ehrwürdige Gemäuer, sodass sogar der Heimiseggler zusammenzuckte. Der Sigrist kniff die Augen zu, öffnete sie wieder und wandte sie trostsuchend dem Bildnis des Erlösers vorne am Kirchenfenster zu. Pfäffli schritt schwarz gekleidet und feierlich durch den Mittelgang nach vorne, die Bibel unter dem Arm und eine heilige Mission vor Augen. Beides hätte er wohl fallen lassen, hätte er den Besucher in der hintersten Reihe rechts gleich bemerkt: Gügi. Pfäffli entdeckte ihn erst im Laufe der Liturgie, und das war gut so. Denn da war er schon etwas im Schuss und nicht mehr ohne Weiteres zu stoppen. Gügi sass friedlicher in seiner Ecke, als sich Pfäffli jeden Musterkonfirmanden vorstellen konnte. Ausserdem für einmal nicht im Trägerleibchen, sondern ganz nett in einem weissen Hemd. Pfäffli liess die Gemeinde vor der Predigt noch einmal ausserplanmässig für ein Lied aufstehen, um sicherzugehen, dass Gügi nicht wie sonst in Tarnhosen steckte. Auch da konnte er sich beruhigen. Die Hosen waren schwarz. Insgesamt nahm alles einen so zufriedenstellenden Verlauf, dass sich Pfäffli getrost bis zu dem Punkt hindurchpredigen konnte, an welchem sich die Spreu vom Weizen trennen sollte. Im entscheidenden Moment warf er die Stirnfransen nach links: «Wenn ein Mensch andere diffamiert, dann ist er nicht integer und somit nicht tragbar in einem öffentlichen Amt! Ich möchte jetzt keine Namen nennen, selbst wenn der Mann Präsident von Amerika ist.» Das war es! Und es fühlte sich richtig gut an. Engagiert, intelligent und witzig. Einen Augenblick lang spürte er eine Kühnheit, so wie früher am Küchentisch der Studenten-WG, wo er mit seinen Mitbewohnern nächtelang über Politik diskutiert und die Welt verbal zu einer besseren gemacht hatte. Irgendwie revolutionär, obwohl er nichts anderes gesagt hatte als das, was täglich in den Zeitungen abgedruckt war. Eine Reaktion seiner Schäfchen war kaum spürbar. Vermutlich war ihnen der Spruch zu hoch, dachte Pfäffli und resümierte während eines Liedes: logisch. Populistische Rattenfänger wie der Präsident werden von Leuten mit tiefem Bildungsniveau gewählt, und die hier gehören ja eigentlich auch dazu.

Im Weiteren verlief der Gottesdienst normal, auch der Rest des Sonntages. Gegen elf Uhr abends legte sich Pfäffli ins Bett, um den wohlverdienten Schlaf der Gerechten zu finden. Den fand er auch. Der Mond wachte mit goldenem Glanz über dem Dörfchen. Ab und zu hörte man irgendwo einen Hund bellen. Durch das einen Spalt weit geöffnete Schlafzimmerfenster strich ein weiches Lüftchen, das die Vorhänge wie kleine Wasserwellen sich bewegen liess. Pfäffli drehte sich noch einmal um, und mit gleichmässigen Atemzügen versank er in die Welt der Träume. Insgesamt standen die Zeichen der Nacht so gut, dass Pfäffli in jener Welt mit erfreulichen Begegnungen rechnen konnte. Vielleicht sogar mit Monika. Er träumte sich gerade über ein Blumenfeld, als er auf einmal in der Ferne eine Maschinengewehrsalve hörte. Und dann grad noch einmal. Die dritte Salve ratterte in so unmittelbarer Nähe, dass Pfäfflis Brille auf dem Nachttischchen vibrierte. Dann herrschte wieder Ruhe. Zum Glück war es nur ein Traum gewesen. Pfäffli versuchte es noch einmal.

Atmen, Abtauchen, Monika. Kurz vor dem Abtauchen ratterte es wieder. Hell, scheppernd und unmissverständlich. Das Telefon. Dieses Relikt aus vergangenen Tagen, welches aus ungeklärten Gründen nie durch ein neues ersetzt worden war. Pfäffli sprang auf und eilte zum Apparat. «Pfäffli… Pfäffli, hallo, wer ist da?» Nichts. Da hatte sich wohl jemand verwählt. Pfäffli watschelte in seinen Schlappen schlaff ins Bad. Er musste pinkeln. Das Spülwasser donnerte wie ein Wasserfall durch die Rohre. Pfäffli war nun wach und wusste, dass das mit Monika diese Nacht nichts mehr werden würde. Er überlegte, was jetzt besser wäre, Film oder Buch. Das Telefon nahm ihm die Entscheidung ab – weder noch. Pfäffli griff noch einmal zum Hörer, aber wieder nichts. Ein Verdacht beschlich ihn, und da sich die Störung noch einige Male wiederholte, war für ihn klar: Rache! Akustischer Terror! Jemand mochte ihn nicht, und es lag auf der Hand wer: Gügi. Seine Predigt hatte ihre Wirkung nicht verfehlt, nun kam die Retourkutsche.

*Kapitel 3*

# Spuren des Grauens

✦

«Mäxu, das gibt eine richtig geile Story! Wir müssen nur die Köder geschickt auslegen, etwas Geduld haben und tätsch… die Falle schnappt zu!» Jonas Brauer klatschte in die Hände. Der smarte Journalist der «Bundeswoche» tänzelte umher wie ein Popstar und schien Pfäfflis Büro in ein Ballettstudio zu verwandeln. Vor dem Fenster blieb er stehen, verschränkte den rechten Arm, auf dem er den linken Ellbogen abstützte und den Unterarm nach oben richtete. Die Hand ballte sich zu einem Fäustchen, der Zeigefinger lag ausgestreckt über Brauers Lippen. Ein gewitzter Kerl, dieser Brauer, dachte Pfäffli. In der Begegnung zwischen ihm und Brauer lag der Zauber einer wiedergefundenen Freundschaft. Keiner konnte verstehen, wie es möglich war, dass sie sich nach den gemeinsamen Jahren in der Studenten-WG aus den Augen verloren hatten.

Die Idee, Jonas Brauer in die Geschichte einzuweihen, hatte Pfäffli des Nachts um drei. Es war ein guter Einfall, dessen war er sich sicher. Jonas reagierte auf Pfäfflis Anruf anfänglich etwas zurückhaltend, aber schon bei einer ersten Schilderung der Sachlage juckte der Reporter auf. Das war der Stoff, aus dem man Schlagzeilen machte! Bereits zwei Stunden später war Brauer von Bern angereist und betätigte die Pfarrhausglocke. Vom ersten Moment an strahlte bei diesem Besuch die Aura des Schicksals, wie wenn Brauer und Pfäffli ein besonderes Mandat aufgetragen worden wäre.

«Wir halten fest», der Zeigfinger des Journalisten lag immer noch auf seinen Lippen, entfernte sich nur minim während des Sprechens, tippte leicht darauf in den Pausen, «die Sache hat offensichtlich einen politischen Hintergrund. Das Verhalten des Störers deutet auf Extremismus hin. In diesem Fall, Rechtsextremismus.» Pfäffli beobachtete die Lippen Brauers, welche sich mit einer gewissen Lust bewegten. Der durch Schlaflosigkeit gepeinigte Pfarrer fühlte sich etwas benommen. Doch Brauers griffige Analyse verabreichte Pfäffli den Kick eines Köpflers in einen Gletschersee. Und die Worte Brauers verliehen dem bis jetzt noch irreal wirkenden Ereignis die Kontur und Dramatik eines Krimis. Es war aufregend. Brauer verharrte noch immer in derselben Pose, drehte sich nun etwas der Zimmermitte zu und fixierte Pfäffli so, dass seine Augen in eine starre Einstellung gerieten: «Ein Rechtsextremer kommt selten allein! Wenn wir schlau sind, können wir die ganze Nazi-Brut auffliegen lassen!»

In der Küche schepperte eine Pfanne. Brauer erschrak: «Sind wir nicht allein? Wir dürfen uns jetzt keine Fehler erlauben. Die Angelegenheit verlangt nach strengster Geheimhaltung!» «Keine Sorge, das ist nur Silvia Bürki, die Putzfrau», beruhigte Pfäffli. «Max, Regel Nummer eins: Vertrau niemandem! Jeder und jede könnten dein Feind sein!»

Sofort wechselten die beiden das Thema und begannen Erinnerungen ihrer Studentenzeit aufzuwärmen. Dazwischen lauschten sie dem emsigen Treiben der Putzfrau. Bald hörte man sie schrubben im Parterre, dann wieder quietschten die Fenster im oberen Stock. Wasserhähnen wurden geöffnet, Kübel gefüllt und im Haus herumgetragen, WC-Spülungen gurgelten. Was Silvia Bürki auch tat, man hörte es im ganzen Haus. Dabei machte sie regen Gebrauch von ihrer hellen Stimme, die exakt zu ihrem schmalen Gesicht und der spitzen Nase passte. Fortwährend kommentierte sie ihr Tun, so als wäre jemand bei ihr. Dabei konnte es auch vorkommen, dass sie sich über den Hausherrn äusserte. In der Regel nicht schmeichelhaft. Pfäffli meinte, schon Worte wie «Schmierfink» oder sogar «Sauhund» gehört zu haben. «Sieht sie wenigstens gut aus?», nahm es Brauer wunder. «Irgendwie schon. Ich kann es gar nicht so richtig sagen. Meistens trägt sie eine viel zu weite Latzhose, darunter ein kariertes Holzfällerhemd und die Haare verstaut sie unter einer Baseball-Mütze. Wenn sie da ist, verschwinde ich für gewöhnlich lieber im Büro.» «Hör mal ... », unterbrach Brauer, «jetzt spricht sie mit einer Fliege. Ich glaube, die ist verrückt.» «Ja, das kann gut sein. Aber als Kirche sehen wir es als unsere Pflicht, auch solchen Nachtschattengewächsen Boden zu bieten. Und eines kann ich dir sagen: Das Ergebnis ihrer Arbeit ist unübertroffen. Manchmal könnte man meinen, es gehe gar nicht mit rechten Dingen zu. Eine richtige Putzhexe. Aber solange sie nicht mit dem Besen heimfliegt, darf sie bleiben.» Beide lachten. Brauer schickte sich zum Gehen an. Noch einmal fassten sie ihren Plan in knappen Worten zusammen. Ein Zeitungsartikel sollte entstehen, eine Enthüllungsgeschichte über den Rechtsextremismus im Emmental. In einer ersten Phase wollte Pfäffli seine bestehenden Kontakte nutzen, um eventuelle Verbindungen aufzuspüren. Das gute Verhältnis mit Hans Frei erschien beiden als Glücksfall. Durch ihn war es möglich, mehr über die einzelnen Familien des Dorfes zu erfahren. Ausserdem wollte er den Gügi etwas genauer unter die Lupe nehmen.

Pfäffli schaute durch das Bürofenster seinem Freund nach. Der trippelte nun über den Belag des Zugangsweges, vorne beim Tor der Kirchhofmauer entschwand er seinen Augen. So begann Pfäfflis erster Tag im Wonnemonat. Er kam mit sich selber überein, dass er sich der friedlichen Frühlingsstimmung getrost anschliessen durfte. Schliesslich hatte er einen Verbündeten gefunden. Mit ihm zusammen war es möglich, die Öffentlichkeit für seine Anliegen zu gewinnen und die politischen Feinde wie Wespen auszuräuchern. Das war mehr, als er sich noch einen Tag vorher hätte erträumen lassen. Er öffnete das Fenster, genoss die frische Morgenluft. Bei einem Wohnhaus in der Nachbarschaft ragte ein Maibäumchen über den Dachgiebel in die Himmelsbläue hinauf. Ein alter Emmentaler Brauch. In der Nacht auf den ersten Mai stellten die jungen Burschen vor den Häusern ihrer Angebeteten mit bunten Bändern geschmückte Tännchen auf. Pfäffli hatte auch schon davon gehört.

*Kapitel 4*

# Ein Star wird geboren

✦

Pfäffli hörte es nicht als Erster und er hörte es im Radio. Was niemand für möglich gehalten hatte, war wahr: Gügi war ein Star! Einige Dorfbewohner wussten bis anhin nicht einmal, dass er in einer Band spielte. Die anderen kannten seine Musik von Auftritten an kleineren Festivals und Waldfesten. Die Zeugenaussagen über seinen Musikstil waren widersprüchlich. Einzig in der Beschreibung der Lautstärke wurden einheitliche Einschätzungen zu Protokoll gegeben: Laut!

Praktisch über Nacht hatte sich Gügi mit seinem neuen Song «E Schuss is Glück» in die ersten Ränge der Hitparade hinaufkatapultiert. Und nun wollte der Lokalmatador, der eben gerade seinen Siegeszug durch die Nation angetreten hatte, ein Unplugged-Konzert für eine Handvoll geladener Gäste und Medienleute in einer seiner Stammbeizen geben. Das ganze Dorf drohte aus den Fugen zu geraten. Ein Lastwagen des Schweizer Fernsehens quälte sich durch die Dorfstrasse, bog in den Platz zwischen «Bären» und Kirche ein und parkte. Kameraleute stiegen aus, Tontechniker schraubten Mikrofone an lange Stangen und setzten Kopfhörer auf. Ein Moderator legte seine Frisur zurecht und positionierte sich vor einer Kamera. Wenig später trafen weitere Reporter der Lokal- und Boulevardpresse ein. Der Medientross bewegte sich zum «Bären» hin und trat dort ein.

Jonas Brauer telefonierte mit Pfäffli, um die Sachlage neu zu beurteilen: «Da bahnt sich etwas ganz Grosses an! Wir reden jetzt nicht mehr von einer regionalen Geschichte. Jetzt geht es um die Schweiz. Unsere Story hat ab sofort nationalen Charakter!» Brauer selber war es nicht möglich, an der Veranstaltung teilzunehmen. Das war weiter nicht schlimm. Stars wie Gügi seien wie Ballonfiguren an einer Chilbi, sagte er: «Sie werden aufgeblasen, immer grösser und damit auch formbarer. Und wenn es dann knallt, gleich richtig! Je aufgeblasener, desto knall. Also schadet es nichts, wenn wir noch ein bisschen warten. Aber wenn es dir möglich ist, versuch reinzukommen, um etwas herauszubekommen.»

Pfäffli hatte Glück, er kam rein. Die Security bestand aus Leuten aus dem Dorf, Kollegen von Gügi. Schwere Jungs, auf alles vorbereitet, nur nicht auf das Erscheinen eines Pfarrers. Im Umgang mit Geistlichen hatten sie wenig Erfahrung und gewährten ihm aus einer gewissen Unsicherheit heraus Einlass. Drinnen sassen die Gäste reihenweise auf Stühlen. Etwa fünfzig Personen. Die Band spielte bereits, als Pfäffli sich seitlich des Publikums entlang über den Parkettboden nach hinten stahl. Das Publikum beachtete ihn kaum. Die prunkvollen Verzierungen an der Decke, der mächtige Kronleuchter und brennende Kerzen auf kunstvoll gestalteten Ständern verliehen dem Anlass Feierlichkeit. Gügi präsentierte seine berndeutschen Songs mit einer akustischen Gitarre. Die Musik entsprach nicht Pfäfflis Geschmack, aber die Begleitband bestand aus hervorragenden Musikern, was er als Jazzliebhaber und Miles-Davis-Fan sehr wohl beurteilen konnte. Ein Kontrabass, ein minimal bestücktes Schlagzeug, dazu noch eine zweite Gitarre. Das war alles. Und eines musste man diesem Gügi lassen: Er hatte ein Händchen für diese fabelhaften Refrains, die sich direkt in den auditorischen Cortex bohrten und den ganzen Abend gesungen werden wollten.

Pfäffli setzte sich ganz hinten hin, warf die Stirnfransen nach links und tat so, als wäre er schon immer hier gesessen. Die Dame vor ihm wandte kurz den Kopf, als er sich setzte. Dunkle, im Verhältnis zu ihrem schmalen Gesicht übergrosse Augen musterten ihn. Silvia Bürki. Pfäffli erschrak. Das war nicht das freche Rotzgesicht der Putzfrau. Zum ersten Mal sah er sie ohne Mütze. Blondes, leicht gelocktes Haar mit einem kupfrig-rötlichen Schimmer fiel über ihre Schultern. Silvia trug eine feine, beigefarbene Bluse mit Blättermustern in Brauntönen. Das Kleidungsstück zeigte dies und jenes von ihrem Nacken und von ihrer Brust, den Rest liess es erahnen. Ihr schlanker Arm hob sich, bog sich nach hinten, um mit der Hand kurz an ihrem Haar herumzufummeln, wobei sie es mit einer Kopfbewegung einmal schüttelte. Der Stoff der Ärmel war noch feiner als der der Bluse. Die luftige Umhüllung der Arme konnte kaum als Bekleidung bezeichnet werden. Die Laubflecken auf ihrer Haut erfuhren durch die leichte Stoffbedeckung eine gewisse Verklärung. Silbrige Reifen schmückten das Handgelenk. Nach all den sich überstürzenden Ereignissen der letzten Tage war der Pfarrer leicht abzulenken. Es war beklemmend, Silvia Bürkis Hand so nahe vor Augen zu haben. Seine Gedanken verwirrten sich, hörten auf, Gedanken zu sein, und wurden Träumerei. Verflixt – wollte er doch hier seine Ermittlungen weiterführen. Und jetzt musste er gerade Bürki vor der Nase haben. Es stellte eine nicht geringe Herausforderung an seinen Verstand dar, die Vorgänge nüchtern zur Kenntnis zu nehmen.

Nach zwei weiteren Songs kam der Moment, in dem der frischgeborene Rockstar den Medienleuten Rede und Antwort stehen wollte.

Gügi fuhr ein wie eine Luftlandeeinheit und lieferte alles, was die Journalistenherzen begehrten. Allerdings mussten sich die Glanz-und-Gloria-erprobten Meinungsbildner etwas umgewöhnen. Im Gegensatz zu manchem Schlagersternchen umgab Gügi nicht der sanfte Hauch von Parfumduft, sondern von Schweiss. Er war nicht der Typ Star mit artigem Lächeln und jugendlich-straffer Haut. Tiefe Furchen zogen sich quer über seine Stirn, jede einzelne hart verdient und das Ergebnis manch durchzechter Nacht, wie er betonte. Das Interview bestand nicht aus dem Hin- und Herreichen von Nettigkeiten, Diplomatie war nicht Gügis Sache. Es gab keine Tabus. Unverblümt trug er das Herz auf der Zunge, vertrat unpopuläre Ansichten in einer Selbstverständlichkeit, als ginge ihm die öffentliche Meinung am Allerwertesten vorbei. Seine markigen, zuweilen frechen Sprüche boten einen reichen Fundus an Schlagzeilen. Dann gab er wieder Äusserungen von sich, deren Interpretation allein der Fantasie seiner Zuhörer überlassen war. Zum Beispiel behauptete er, die Melodie seines Hits hätte ihm beim Holzen eine Tanne im Wald vorgesungen. Welche Substanzen beeinflussten das künstlerische Schaffen dieses Musikers? War da Aberglaube, ein bestimmtes Ritual – oder ganz einfach Verarschung im Spiel? Alles in allem war dieser Mann an sich schon fast ein Skandal, und es war nur eine Frage der Zeit, bis er tatsächlich einen solchen auslösen würde. Und das machte ihn interessant.

Bezüglich des Textes von Gügis Erfolgsnummer wurden keine Fragen gestellt. Den meisten war es zu peinlich. Der besungene Schuss ins Glück wurde allgemein als eine sexuelle Anspielung verstanden. Nach Pfäfflis Empfinden: Bierzelt-Poesie, Brunftlaute eines Platzhirsches. Psychologisch betrachtet, ein testosterongesteuerter Hilfeschrei. Doch Pfäffli hörte noch mehr. Textzeilen wie «Jedi Frou brucht e rächte Typ!» liessen ihn aufhorchen. Vielleicht waren es politische Anspielungen. Gügi lieferte die Antworten freimütig, auch ohne die Fragen. Es gehe in diesem Text um die «Wyberbüchse». Wenn früher einer heiraten wollte, musste er Besitzer eines Gewehres, der sogenannten «Wyberbüchse» sein und diese bei den zuständigen Behörden vorweisen. Ansonsten durfte nicht geheiratet werden. Gügi kam ins Schwärmen: «Wenn ich im Bundesrat wäre, würde ich diese Regelung sofort wieder einführen!»

Pfäffli wurde es unheimlich. Er wartete auf das Ende der Veranstaltung und war froh, wieder an der frischen Luft zu sein. Er war auf der richtigen Spur. Er telefonierte mit Brauer. Beiläufig erwähnte er Silvia Bürki. Brauer schoss auf: «Pfäffli, das war kein Zufall! Neben den Medienleuten waren ja nur Leute aus Gügis engerem Umfeld eingeladen. Die gehört dazu!»

Silvia Bürki, eine braune Sumpfblüte? Daran hatte Pfäffli gar nicht gedacht.

*Kapitel 5*

# Das Geheimnis des alten Pfäffli

✦

«Das ist Monika, meine Enkelin. Ich weiss nicht, ob ihr euch schon kennt. Sie ist Künstlerin und hat ein Atelier in Sumiswald.» Hans machte es sich gemütlich auf dem Sofa und beobachtete das Aufeinandertreffen der beiden Jungen. Pfäffli reichte Monika die Hand: «Freut mich. Persönlich sind wir uns leider noch nie begegnet, aber ich habe viel von dir gehört. Ich war schon mal auf deiner Homepage.»

Die Stube im Heimisegg-Stöckli war gemütlich. Holzwände, rustikale Möbel. Nach Osten zwei Fenster, nach Süden eines. Rechts neben dem Eingang ein Büchergestell, links ein Kachelofen, dann die Türe zum Hinterstübli und eine Holztruhe. Darüber hing ein antikes Gewehr. Das Sofa hatte einen Buchenholzrahmen mit einer aufwärts geformten Wölbung an der Lehne und einem weinroten Stoffüberzug. Es stand an der Wand mit dem Südfenster. Dazu gehörten zwei Sessel, dazwischen stand ein kleines Holztischchen. Pfäffli setzte sich auf einen der Sessel, mit Blick auf die zahlreichen Bücher im Gestell. Einige Titel konnte er entziffern. Neben mehreren Bänden von Gotthelf stand da ein Buch über die Hexenjagd nach Anna Göldi. Daneben stand ein Buch über die Schweiz im Zweiten Weltkrieg, eines über den Bauernkrieg und eines vom spanischen Philosophen José Ortega: Meditationen über die Jagd.

Der Heimiseggler interessierte sich also für Geschichte. Das machte Pfäffli den Einstieg leicht. «Tee oder Kaffee?», fragte Hans. «Spielt keine Rolle. Ich nehme, was du nimmst.» «In dem Fall Tee. Gegen Abend trinke ich in der Regel keinen Kaffee mehr.» Monika verschwand in der Küche. Zurück liess sie eine Nasenannehmlichkeit aus dezentem Parfumduft und süsslichem Räucherstäbchengeruch, der ihren Kleidern anhaftete. Sie trug einen luftigen, karmesinroten, kimonoartigen Überwurf über einem schwarzen Shirt und Jeanshosen. Sie kam mehr nach der Grossmutter, wie Pfäffli anhand eines Hochzeitsfotos an der Wand feststellte. Dunkelhaarig und ein bisschen mollig, was Warmherzigkeit und Weiblichkeit gleichermassen betonte.

«Hans, ich muss gestehen, ich weiss relativ wenig über unser Dorf. Ich bin sicher, du hättest einiges zu erzählen, was mich interessieren würde.» Der Heimiseggler beugte sich etwas nach vorne, den rechten Unterarm legte er auf den Oberschenkel, die linke Hand auf dem Knie abstützend. Er holte Luft, so als wollte er etwas sagen. Dann liess er sich wieder zurück in die Lehne fallen. Mit einem Seufzer atmete er aus. Er beugte sich erneut nach vorne, griff nach der Tabakpfeife auf dem Holztischchen und begann zu stopfen. Er liess sich Zeit. Zwischendurch schaute er auf zu Pfäffli, welcher in regungsloser Spannung erwartete, was da kommen mochte. Zuerst kam Monika mit dem Tee. Pfefferminze mit Zitrone. Dazu ein selbst gebackener Schokoladenkuchen. Pfäffli warf die Stirnfransen auf die Seite. Monika stellte drei Tassen auf das Tischchen, goss ein und setzte sich auf den anderen Sessel. «Zucker?» Pfäffli lehnte dankend ab.

«Erinnerst du dich noch an deinen Grossvater?», fragte Hans. Ein paar unbestimmte Erinnerungen schossen Pfäffli durch den Kopf: «Ja, ich erinnere mich an meinen Grossvater.»

«Gut. Denn gerade von ihm möchte ich dir zuerst erzählen. Ich weiss nicht, ob du das gewusst hast, aber er war ein Verdingkind. Er kam mit sechzehn Jahren zu uns auf die Heimisegg. Zuerst war es nicht einfach. Ich war der Sohn, er der Knecht. Als Jüngster hatte ich Anrecht auf den Hof, über ihn hingegen hiess es: Du kannst nichts, du bist nichts und aus dir wird nichts. Aber Ernst war eine Kämpfernatur. Anstatt mit seinem Schicksal zu hadern, nahm er es selber in die Hand. Zuerst lernte er Autofahren. Kaum hatte er das nötige Alter erreicht, begann er mit Fahrstunden. Dafür opferte er meistens die Mittagspause. Irgendwann hörte er am Huttumärit von einer offenen Stelle am Walensee. Kurz darauf verliess er die Heimisegg und wurde dort Knecht. Ich sehe ihn noch heute, wie er am Neujahrstag darauf mit dem eigenen VW Käfer den Stutz zur Heimisegg hinauftuckerte, um uns zu besuchen. Er schwärmte vom Bergheuet, von Wanderungen im Churfirsten-Gebiet und davon, dass er gedenke, die Lastwagenprüfung zu machen. So arbeitete er sich langsam hoch. Eine Zeit lang war er dann Chauffeur, danach wurde er Aussendienstmitarbeiter bei einer Firma in Chur. 1958 kehrte er als verheirateter Mann zurück nach Dürrenroth und baute ein florierendes Geschäft auf. Damit standen deinem Vater alle Türen offen für Ausbildung und Studium. Indirekt auch dir. Du darfst stolz auf deinen Grossätti sein!»

Hans blies blauen Tabakrauch zur Decke, Monika rührte im Tee, Pfäffli war selber gerührt. Das hatte er nicht gewusst. «Und das Geld? Woher hatte er das Geld für die

Fahrstunden und für das Auto?», fragte er nach einer angemessenen Zeit der Stille. Wieder liess Hans eine Rauchwolke aufsteigen. Pfäffli glaubte, ein schelmisches Zucken um seine Mundwinkel zu beobachten, als Hans antwortete: «Fuchspelze.» «Fuchspelze?» «Fuchspelze. Damals galt ein Balg um die hundert Franken. Das war ein ganz schönes Sümmchen Geld.» Für ein paar Augenblicke hörte man nur das Ticken der Wanduhr. Monika fragte, ob jemand noch mehr Tee möchte. Pfäffli lehnte dankend ab und hakte wieder beim Thema ein: «Du meinst, er hat gewildert?» «Wenn du es so nennen willst – ja, er hat gewildert. Und er hat Herrgott noch mal jeden verdammten Schuss ins Schwarze gesetzt!» So hatte Pfäffli den Heimiseggler noch nie reden gehört. Dieser wusste um Pfäfflis Ansichten in solchen Belangen und beschwichtigte: «Das ist lange her. Ihr Jungen versteht das heute nicht mehr.» Er stocherte mit dem Pfeifenbesteck im Tabak herum, stopfte noch einmal und zündete an. «Es war halt eine andere Zeit», bemerkte der Pfarrer, der den süssen Nachgeschmack der Lobeshymne über seinen Grossvater noch etwas geniessen wollte. Monika sorgte mit ihrem lebensfrohen Wesen dafür, dass sich keine Peinlichkeiten ins Gespräch einschleichen konnten. Sie nahm es mit Humor: «Und du Grossätti, hast du auch gewildert?» Ihre Augen glänzten in kindlicher Neugier. Gerade so wie früher, wenn jeweils das kleine Möneli zum Grossvater ins Stöckli gekommen war und gefragt hatte: «Grossätti, erzählst du mir nicht noch ein Geschichtchen?» Welches Grossvaterherz hätte da nicht die Schatzkiste der Erinnerungen geöffnet? Pfarrer hin oder her, Hans tauchte in die Vergangenheit ein und nahm die beiden mit:

«Es war am Ostermontag 1948. Ein schöner Frühlingstag. In Huben war man gerade daran, Mist auszufahren, als Hans Flükiger beim Rotwald fünf Wildschweine entdeckte. Die Nachricht ging um wie ein Lauffeuer. Der Pfäffli Ernst war ganz ausser sich und holte im Gaden sein Gewehr. Das war unsere erste gemeinsame Jagd. Ich hatte einen 11er-Karabiner, er eine Schrotflinte. Das halbe Dorf war auf den Beinen. 26 Mann nahmen an der Jagd teil. Der Wald wurde umstellt und ein paar Schützen durchkämmten das Gehölz. Ich stand an einer Waldecke in der Nähe vom Heubühl. Stille vor dem Sturm. Plötzlich gab es einen Chlapf im Wald. Kurz darauf einen zweiten, dritten, vierten. Aus der Ferne hörte man den langen Widerhall der Schüsse. Im Heubühl und in Huben bellten die Hunde. Ein aufgescheuchter Krähenschwarm flog krächzend Richtung Hubbach, dann war es still. Aber nicht lange. Erst hörte ich in der Nähe das Flattern von Wildtauben, und dann knackste es schon durch das Unterholz. Eine Wildsau floh den Wald hinauf in meine Richtung. Ich riss den Riegelknopf nach hinten und legte an. Auf einmal war sie da. Mit einem Sprung durchbrach sie die Brombeerstauden am Waldsaum und galoppierte den Hügel hinauf. Der Hofhund vom Heubühl rannte von oben daher und nahm kläffend die Verfolgung auf. Ich wusste nicht, wo mir der Kopf stand, und riss am Abzug. Fehlschuss. Das Geschoss schlug knapp neben dem Hund ein und sprengte einen Haufen Erde in die Luft. Vermutlich wurde er von einem weggespickten Steinchen getroffen. Auf jeden Fall zog er den Schwanz ein und machte sich winselnd vom Acker. Die Sau war weg. Ernst hatte natürlich mehr Glück. Obwohl Schrot eine denkbar schlechte Munition für Wildschweine ist, erlegte er damit einen Keiler. Die erste Ladung konnte dem Kerl nichts anhaben. Die Schrotkügelchen verfingen sich in den feinen Woll- und borstigen Deckhaaren des Winterfells. Das brachte

das Biest erst richtig auf Zack. Zum Kampf entschlossen, raste es auf Ernst zu. Dieser brannte ihm aus unmittelbarer Nähe eine zweite Ladung auf den Pelz. Ansonsten hätte er wohl Bekanntschaft mit den Eckzähnen gemacht. Der Schwarzkittel drehte wieder ab. Blitzschnell lud Ernst die Flinte nach und doppelte mit zwei Ladungen nach. Das reichte. Der Keiler ging zu Boden und war tot.»

Pfäffli räusperte sich: «Wie ich schon sagte, es war eine andere Zeit und ich will dir nicht zu nahetreten. Aber solche Geschichten wecken in mir nicht unbedingt grosses Verständnis für die Jagd. Man muss sich ja nur einmal in die Rolle des Tieres versetzen.» Hans grübelte mit dem Zeigefinger im linken Ohr, legte die Stirne in Falten. Er überlegte. Schliesslich hob er seinen Arm und schob die Vorhänge hinter sich am Fenster etwas beiseite: «Siehst du den Baum da draussen? Prachtvoll, dieses saftige Grün und die schneeweissen Blüten. Es ist eine Rosskastanie. Als kleiner Bub steckte ich einmal eine Kastanie in die Erde, und daraus ist dieser Baum geworden. Von Jahr zu Jahr wurde er grösser und mächtiger. Es gab nur ein Problem: Er blühte nicht. Der Baum hatte während dreissig Jahren nicht eine einzige Blüte getrieben. Ein alter Gärtner gab mir den Tipp, ich solle der Kastanie drohen. Zuerst dachte ich, der will mich veräppeln. Aber es war ihm ernst. Ich probierte es, bin zum Baum gegangen, habe die Hände auf seinen Stamm gelegt und gesagt: Du bist ein wirklich schöner Baum! Aber wenn du nicht blühst, werde ich dich fällen! Max, vermutlich denkst du jetzt dasselbe wie ich damals, aber schon im Frühling darauf trieb der Baum die herrlichsten Blüten. Seit damals verstrich kein einziges Jahr, in dem uns der Baum nicht mit seiner Blütenpracht erfreut hätte. Und die Moral der Geschichte: Der Mensch beurteilt das, was er vor Augen hat.

Aber es gibt halt Dinge, die unserer Sicht verborgen sind. Wir haben ein zwiespältiges Thema angeschnitten. Um es zu verstehen, genügt die oberflächliche Betrachtungsweise nicht. Du hast recht, ich hätte besser nicht damit angefangen.»

Pfäffli hätte sich ohrfeigen können. Er merkte, dass er so das Vertrauen des Heimiseggiers nicht gewinnen konnte. Er musste Interesse zeigen. Ansonsten würde der nie mit den wirklich brisanten Dingen herausrücken. «Ich habe es nicht so gemeint», sagte er. «Das sind wirklich spannende Geschichten. Ich würde gerne noch mehr hören.» Monika wusste die Situation wieder aufzulockern: «Der Landschaden wäre für die Bauern eine Katastrophe gewesen. Sie machten ja eigentlich nur das, was unsere Politiker heute einen Präventivschlag nennen.» Das Lachen tat allen gut.

«Da ist noch etwas», fuhr Hans fort: «Ich habe vorhin erzählt, wie es bei Ernst stetig aufwärtsging. Bei mir selber war gerade das Gegenteil der Fall. Mit zwanzig hatte sich das Blatt gewendet. Plötzlich hiess es: Aus diesem Krautwasser-Lappi von Heimisegg Hans wird nie etwas. Es war dieser verfluchte Alkohol. Am liebsten hätte ich mir den Schnaps milchmälchterliweise eingeschüttet. Wenn eine Kuh kalbern wollte und ich Stallwache halten musste, machte ich es mir mit einer Flasche Bätzi in einem Haufen Stroh gemütlich. Mehr als einmal verschlief ich im Rausch die Geburt des Kalbes. Je länger je öfter kam es vor, dass die Mutter am Morgen für mich bei der Stallarbeit einspringen musste, weil ich noch irgendwo sternhagelvoll an einem Wegrand lag. Der Vater wusste nicht, was er tun sollte und meine Mutter betete sich die Knie wund. Die Lösung kam in einem VW Käfer, in Gestalt

von Ernst Pfäffli. Bei einem Besuch schlug er mir vor, den Sommer in Walenstadtberg zu verbringen. Es gäbe dort alle Hände voll zu tun und man könne einen Jungen wie mich gut gebrauchen. Mein Vater willigte ein, zumal ich zu Hause keine grosse Unterstützung war und weil er davon ausging, dass die Pinten in den Bergen etwas dünner gesät waren. So kam ich für einen Sommer nach Walenstadtberg. Dort lernte ich das Erfolgsgeheimnis deines Grossvaters kennen.» Pfäffli hing zufrieden im Sessel, schielte mehr als einmal zu Monika hinüber, führte die Tasse zu Munde, um einen weiteren Schluck dieses herrlich schmeckenden Tees zu geniessen. «Und? Was war sein Geheimnis?» «Die Büchse.» Pfäffli verschluckte sich, und nur mit Mühe gelang es ihm, den Tee im Munde zu behalten und nicht dem Heimiseggler, oder schlimmer noch, Monika ins Gesicht zu prusten. Hans beachtete dies nicht: «Du darfst nicht vergessen, dein Grossvater war ein Verdingkind. Als Bub begegnete man ihm mit nichts als Verachtung. Dank seiner meisterhaften Treffsicherheit verdiente er sich nach und nach den Respekt der Leute. Ausserdem hatte ihn der Umgang mit der Waffe alles gelehrt, was für sein Leben nötig war: Verantwortungsbewusstsein, Konzentration, Zielstrebigkeit, Ausdauer und eine sichere Hand. Alles Eigenschaften, die manch andern aus gutem Hause fehlten – zum Beispiel mir. Das hatte Ernst sehr wohl verstanden. Schliesslich war er ja nicht dumm. Das alles gab ihm Selbstvertrauen, um sein Schicksal selber in die Hände zu nehmen.»

*Kapitel 6*

# Die Höhle der Legende

✦

Pfäffli hätte gerne interveniert, aber er liess es bleiben. Monika sass vergnügt auf ihrem Sessel, die Beine hochgezogen. Die Sonne schmeichelte dem ausklingenden Tag mit rötlicher Wärme. Sie leuchtete durchs Stubenfenster hinein und spiegelte sich in Monikas dunklen Augen wie kleine Feuerchen. Sie konnte es kaum erwarten, bis ihr Grossvater wieder zu erzählen begann:

«Dein Grossvater hatte die Gabe, sich in allen erdenklichen Situationen zurechtzufinden. Dazu verfügte er über gute Menschenkenntnis und gewann schnell Freunde. So wurde die Fremde für ihn bald zu einer neuen Heimat. Einer seiner Weggefährten hiess Fritz. Ich habe ihn auch kennengelernt, damals im Sommer 1950. Ich erinnere mich gut an meine Ankunft. Fast senkrecht stiegen die Südwände der sieben Churfirsten in die Höhe. Steil und dunkel tauchten ihre bewaldeten Flanken in den Walensee. Dazwischen lag die offene Höhenterrasse von Walenstadtberg. Das Panorama mit den weissen Schneebergen im Süden, dem saftigen Grün im Tal und dem tiefen Blau des Sees liess mein Herz höherschlagen. So etwas hatte ich noch nie gesehen. Es war im Juni, die Kühe waren bereits auf der Alp. Im Hochsommer sollte das Vieh noch weiter hinaufgetrieben werden. In unserem Fall auf die Tschingelalp. Die Hochalpen mussten jeweils vorher noch aufgeräumt und vom Geröll befreit werden. Eine Gemeinschaftsarbeit der Alpkorporation, welche gut und gerne zwei Wochen in Anspruch nahm. Morgens um sieben marschierten wir im Dörfchen los, unserer sieben oder acht Mann. Die Alp liegt auf einem Hochplateau unterhalb des Schibenstolls an der Waldgrenze. Das Plateau erstreckt sich den Bergen entlang, ein grasiges Band, welches oben durch die Felswände und unten durch die Waldränder abgegrenzt wird. Dort war unser Arbeitsplatz. Wir begannen oben in den Steilhängen bei den Felsen. In einem Abstand von zwei bis drei Metern formierten wir eine Reihe und bewegten uns den Hang entlang. Grössere Steine versuchten wir ins Rollen zu bringen, kleinere warfen wir den Abhang hinunter. Am Ende des jeweiligen Abschnittes, den sogenannten Planggen, drehten wir um und wiederholten das Ganze etwas weiter unten. So ging das hin und her, bis alle Planggen sauber waren. Das Geröll sammelte sich unterhalb der Weiden, wo das Gelände abflachte, bevor es dann wieder in bewaldete Steilhänge abfiel. Die Steine wurden dort zu einem Mäuerchen aufgeschichtet.

Chef der Arbeitsgruppe war Heiri Gubser, ein klein gewachsener Mann mit Glatze. Heiri besass einen Armeefeldstecher, den ihm sein Onkel, ein ehemaliger Offizier, geschenkt hatte. Am ersten Arbeitstag stellte er sich nach Ankunft auf der Alp unterhalb der Hütte hin und observierte das Gelände. In kerzengerader Haltung drehte sich sein Oberkörper langsam um die eigene Achse, von Süden nach Westen. Plötzlich hielt er inne und schraubte wie wild an der Feineinstellung herum. Ein Rehbock! Der Bock graste etwa 500 Meter weiter westlich, bei einem kleinen Wäldchen, das Fell rötlich erleuchtet von der Morgensonne. Das Glas wurde herumgereicht. Jeder wollte das Tier begutachten. Fritz zwinkerte deinem Grossvater und mir zu. Nach Feierabend machte sich die Mannschaft bereit für den Abstieg ins Dorf. Mit dem Vorwand, die Abkürzung durch den Stegenbach zu nehmen, schlossen wir drei uns nicht der Gruppe an. Wir wollten zwar durch die Abkürzung absteigen, aber nicht, ohne erst den Bock erlegt zu haben. Fritz und Ernst waren ein eingespieltes Team. Ein zerlegbares Gewehr gehörte zu ihrem Standardgepäck im Rucksack. Ernst und ich umrundeten das Waldstück und durchstreiften es von Westen. Fritz wartete auf der anderen Seite, wo ihm der Bock dann auch vor die Büchse lief. Treffer. Wir brachen ihn auf und trugen ihn abwechslungsweise den Stegenbach hinunter. Das waren noch Zeiten. Manch ein Zwanzigjähriger würde heute das steile und felsige Bachbett nicht einmal mit einer modernen Ausrüstung unfallfrei überstehen. Wir machten es damals mit genagelten Schuhen und einem Rehbock auf den Schultern. Am nächsten Tag packten wir eine Rehkeule als Proviant in den Rucksack. Nach Ankunft auf der Alp packte Heiri sein Fernglas wieder aus. Er begann seine Observierung direkt da, wo er den Bock vermutete, und war sich sicher, dass er ihn bald irgendwo ausmachen würde. Er brummte unverständliches Zeug vor sich hin, schraubte an der Feineinstellung herum – aber da war nichts. Fritz schwenkte schmunzelnd eine Keule hinter seinem Rücken und meinte: ‹Vielleicht ist er gar nicht so weit weg, wie du denkst.›

Wir waren oft zusammen unterwegs, haben uns die Nächte auf dem Ansitz um die Ohren geschlagen. Viel Zeit verbrachten wir auch in einer Grotte in der Nähe vom Lindtobel. Den nannte man damals noch Flotsentobel, weil dort früher geflösst wurde. Die Grotte war bekannt unter dem Namen Ruedis Metzg. Das kam daher, weil der schlecht zugängliche Ort im 19. Jahrhundert von einem legendären

Wilderer als Versteck benutzt wurde. Eben dem Ruedi. Fritz hatte Ruedis Metzg für sich entdeckt und mit ein paar Stühlen und einem Tisch ausgestattet. Ausserdem lagerten dort in einer Holztruhe ein paar Annehmlichkeiten, welche dazu dienten, die langen Nächte in gemütliche Feste zu verwandeln. Ich vermute, mein Leben hat sich in Ruedis Metzg zum Guten gewendet. Dort hatte ich Zeit zum Nachdenken. Aber auch die langen Gespräche mit deinem Grossvater haben mich geprägt. Er hatte ja durchaus auch eine philosophische Ader. Du hast da einiges von ihm geerbt. Er mochte stundenlange Diskussionen über Gott und die Welt.

Dort oben in den wilden Klüften, im Versteck einer Wildererlegende, lernte ich, was Verantwortung bedeutet. Denn bei unseren gefährlichen Streifzügen durften wir uns keine Fehler erlauben. Die Konsequenzen hätten den Tod eines Kameraden bedeuten können, oder das elende Zugrundegehen eines Tieres.

Max, hast du schon einmal die Kletterkünste von Steinböcken bewundert? Als ich einmal eine Wand durchstieg und den Gipfel erreichte, begegnete mir ein ganzes Rudel. Sagenhaft, mit welcher Sicherheit sie sich über einen messerscharfen Grat davonmachten. Einmal während eines Abstiegs hörte ich plötzlich ein seltsames Rauschen. Ich erschrak, wusste nicht, was es war. Dann stach zehn Meter vor mir ein Adler aus dem Himmel, packte in einem Gebüsch ein Rebhuhn und, wusch, war er wieder weg und schwebte in den Lüften. Das sind die Bilder, die noch heute in meiner Erinnerung lebendig sind. Und es sind die Bilder, welche mich Ehrfurcht und Respekt vor der Schöpfung gelehrt haben. Denn das musst du wissen: Nicht die Lust am Töten macht den guten Jäger.»

Pfäffli konnte sich nicht mehr zurückhalten: «Aber es wird getötet!»

«Ja, es wird getötet. Nicht nur im Wald. Hast du gewusst, dass mehr Rehe auf der Strasse umkommen als auf der Jagd? Von den Schnecken, Würmern, Igeln und Vögeln fangen wir besser gar nicht an. Ob der blumenbemalte Hippiebus, der sparsame Familienkombi oder das schicke Elektroauto der Umweltschützerin: Jedes Auto ist eine Todeswalze. Und im Gegensatz zum waidgerechten Jäger nimmt das Auto weder Rücksicht auf soziale Strukturen im Rudel, noch auf Schonzeiten oder auf ethisch vertretbares Töten.»

Pfäffli merkte, dass Hans Frei mehr war als ein verträumter Nostalgieromantiker. Er zeigte sich jetzt von einer politischen Seite: «Muss eigentlich noch alles zungerobsi gemacht und verblitzget sein? Für Kriminelle gilt die Unschuldsvermutung und wenn möglich werden sie mit psychologischen Gutachten auf freien Fuss gesetzt. Für Sportschützen und Jäger gilt der Generalverdacht und manchmal werden sie schon fast wie Kriminelle behandelt. Dabei sind es gerade sie, welche über einen einwandfreien Leumund verfügen, gründliche Ausbildungen durchlaufen und sich strengen Sicherheitsauflagen unterstellen. Es will mir einfach nicht in den Grind hinein, weshalb eine jahrhundertealte Schweizer Tradition plötzlich mit fadenscheinigen Argumenten dermassen verteufelt wird.»

Monika stand auf, um den Lichtschalter bei der Tür zu betätigen. Wie fast immer hatte sie auch jetzt einen Spruch parat: «Aber eben, es wird nie mehr gelogen als vor den Wahlen und nach der Jagd… höchstens vielleicht noch in der Kirche.» Pfäffli schwieg. Nicht, dass es ihm an Argumenten gefehlt hätte. Er glaubte in diesem letzten Satz ein

Mosaiksteinchen im psychologischen Gesamtbild seines weiblichen Gegenübers zu erkennen. Wie viele Künstler wird sie neben der heiteren Seite auch die grüblerische, melancholische haben, dachte er. Ihre scharfe, entlarvende Beobachtungsgabe und die Neigung zum Galgenhumor passten gut zu einem leicht depressiven Gemüt. Möglicherweise steckten hinter ihrem Lachen tiefe Abgründe, oder gar Angststörungen, wie es bei kreativen Persönlichkeiten häufig der Fall war. Zum Beispiel bei Marilyn Monroe, Robin Williams, Wagner und so weiter.

Die Lampe über dem Tischchen erhellte den Raum mit warmem Licht, sodass auch die Gesichter wärmer und um vieles bekannter schienen. Was vom Lichtkegel nicht erhellt wurde, versank allmählich in dunkel werdenden Schatten. So das Büchergestell und die Winkel der Stube. Pfäffli erschien die Stimmung unpassend, um irgendwelche Zahlen oder Statistiken zu zitieren. Stattdessen legte er eine psychologische Sicht der Dinge dar. Gemäss dieser war Waffenbesitz ein Symptom von unbewusster oder verdrängter Angst. Diese, so sei er überzeugt, fuhr Pfäffli fort, möge in Zeiten von Mammut und Morgarten berechtigt gewesen sein, wirke sich aber in einer globalisierten Welt kontraproduktiv aus. Noch einmal strich er seine Stirnhaare nach links, ehe er die Lösung aller Dinge verkündete. Vertrauen sei es, das jegliche Gewalt aus der Welt schaffen könne: «Stellt euch einmal vor, es gäbe keine Grenzen, keine Länder, keine Nationen. Jeder vertraut in das Gute im Menschen!» «Du bist ein Träumer, Max», unterbrach ihn Monika, «die Welt ist leider kein John-Lennon-Song.» Pfäffli liess nicht locker, betonte die Notwendigkeit der Bildung und der Wissenschaften, durch welche gegenseitiges Verständnis und Chancengleichheit gefördert würden. Auch unterliess er es nicht, in seinen

Ausführungen Gügis Song zu kritisieren: «Die Frauen sind doch eigentlich das stärkere Geschlecht und uns Männern überlegen. Es ist schlichtweg lächerlich, wenn einer davon träumt, seine Frau mit dem Gewehr zu verteidigen!» Pfäffli schaute zu Monika und sein Herz begann zu pochen. Hans Frei, welcher Pfäfflis Worten in aufrechter Haltung folgte, meldete sich mit einem unerwarteten Denkanstoss zu Wort: «Ich finde es gefährlich, wenn man Wissenschaft als Allerweltsmittel oder gar als unfehlbare Moralinstanz versteht. Intellektualismus schützt weder vor Dummheit noch vor doktrinärer Rechthaberei, und auch nicht vor Grausamkeit. In der Vergangenheit waren es nicht selten Intellektuelle, die sich in elitärer Überlegenheit von Ideologien hinreissen liessen. Und wo das geschah, war meistens ein Führer nicht mehr weit. Hitler war der Held vieler Intellektueller. Die Endlösung der Judenfrage wurde 1942 beschlossen: in stilvoller Umgebung am Wannsee, bei einem Glas Cognac und edlen Zigarren! Die fünfzehn Anwesenden am Sitzungstisch waren gebildete Leute, acht von ihnen hatten einen Doktortitel.»

Pfäffli schnappte das Stichwort wie der Hund einen Knochen: «Interessant. Gab es hier in der Gegend eigentlich auch Hitler-Sympathisanten während des Zweiten Weltkriegs?» «Nein», antwortete Hans, «in seltenen Fällen mag es Tendenzen gegeben haben. Ich denke aber, das hatte weniger mit politischer Überzeugung zu tun als mit Angst. Man wollte im Ernstfall einfach auf der richtigen Seite stehen. Du darfst nicht vergessen, man musste jeden Tag mit dem Einmarsch der Deutschen rechnen.» Pfäffli triumphierte. Wieder die Angst. Seine These bestätigte sich: «Seht ihr, die Angst ist einfach ein schlechter Ratgeber!» Monika intervenierte sarkastisch: «Wenn der Älpler oberhalb der Felswände die Weiden abzäunt, damit die Kühe nicht in den Tod stürzen, kann man das auch Angst nennen. Ein anderes Wort wäre aber Schutz. Deine Theorie in Ehren, nur musst du dich entscheiden: Du verurteilst Gügi, der bei Gefahr seine Familie mit der Waffe verteidigen würde, aber du verurteilst auch die, welche sich im Krieg kampflos ergeben hätten. Solche Widersprüche funktionieren nur in Köpfen von Studierten.»

Hätte Hans nicht auf ein anderes Thema gelenkt, wären die Gemüter vermutlich schnell überhitzt worden. «Wie ist es mit dem Konfirmandenlager im Herbst? Weisst du schon, was du mit den Jungen unternehmen willst?» Pfäffli verneinte und war dankbar für den Vorschlag, welchen ihm Hans Frei unterbreitete: «Gemäss einer Sage liegt oben in Bärhegen ein Wagen voll Gold vergraben. Jedes Jahr in der Heiligen Nacht ragt die Deichsel des Wagens aus dem Hügel. Mit vier Schimmeln lässt sich der Schatz heben. Allerdings müssen dabei ein paar tückische Details eingehalten werden, ansonsten wird der Fuhrmann samt Gespann von der Erde verschluckt… Diese Sage könnte dir als Grundlage für Themen rund um Reichtum und Geld dienen. Falls du mal rekognoszieren möchtest, ich wüsste einen Ort, wo du übernachten könntest.»

*Kapitel 7*

# Biertrinker und Höllenhunde

✦

Im Juni roch es nach Heu. Für die Jahreszeit wurden überdurchschnittlich viele Hitzetage gemessen und einige starke Gewitter fegten durch die Gegend. Pfäffli war unter Druck. Jonas Brauer wollte die Enthüllungsgeschichte über den Rechtsextremismus unbedingt vor den Sommerferien herausbringen: «Max, wenn die Leute mit weich gekochten Hirnen an den Stränden herumliegen, entlocken wir ihnen mit unserem Artikel bestenfalls ein müdes Achselzucken. Das löst höchstens eine Giftgaswolke der chemischen Kampfstoffe aus, welche sie sich für den libidinösen Nahkampf unter die Arme sprühen. Ausserdem ist es psychologisch gesehen ein strategischer Schwachsinn, braune Gesinnung zu kritisieren, während alle braun werden wollen.» Pfäffli war mit seiner Beweislage noch nicht viel weitergekommen und schlug vor, bis in den Herbst zu warten. Das wiederum gefiel Brauer nicht, da er befürchtete, jemand anderes könnte ihnen die Story klauen.

Im Kirchgemeinderat gab es heftige Diskussionen, weil Pfäffli neue Installationen beantragte. Telefonie und Internet genügten seinen Erwartungen nicht mehr und bedurften einer Revision. Aus energietechnischen Gründen könnte man bei dieser Gelegenheit auch gleich einen Smartmeter einbauen. Pfäffli erklärte die Vorteile der digitalen Strommessung, wie damit durch den externen Zugriff per Handy gewaltige Einsparungen möglich wären und setzte sich mit seiner Argumentation gegen alle Skeptiker durch.

Dem bereits ausführlich geschilderten Besuch bei Hans Frei folgte ein weiterer, welcher dank der Anwesenheit von Monika für Pfäffli den allergrössten Reiz entfaltete. Er bedauerte, dass dieser so schnell zu Ende ging, und tröstete sich damit, bald wieder dort sitzen zu können, was er auch tat. Es ist von Bedeutung, dass Monika an jenem letzten Besuch nicht anwesend war, was Pfäffli mit Besorgnis zur Kenntnis nahm. Als sie dann allerdings eines Sonntags in der Kirche auftauchte und ihm während der Predigt ab und zu ein Lächeln zusandte, fühlte er sich wieder bedeutend besser.

Alles in allem kam es ihm gelegen, zwei Tage zu verschwinden, um für das Konfirmandenlager zu rekognoszieren. Normalerweise erledigte er solche Aufgaben, ohne sein Büro zu verlassen. Dafür gab es das Internet. Der aussergewöhnlichen Vorgehensweise mangelte es nicht an ganz bestimmten Hintergedanken. Bei Frauen wie Monika gehörten Stubenhocker eher ins Lager der natürlichen Feinde als ins Beuteschema. Mit einer Exkursion zu Fuss würde er bei ihr eher punkten als mit einer Internetrecherche. Ausserdem könnte er den Heimweg über Sumiswald wählen, was eine unverdächtige Gelegenheit für einen Spontanbesuch in ihrem Atelier bieten würde.

Pfäffli packte den Rucksack und machte sich auf die Socken. Die viel besungene Wanderlust liess jedoch auf sich warten. Bei einem Bächli blieb er eine Weile stehen. Erinnerungen wurden wach. Hier war er schon einmal gewesen, damals als Kind, während den Ferien bei Grossvater. Mit Stefan, einem Bub vom Ort, watete er damals in Gummistiefeln den Bach hinauf. Und hier, exakt an dieser Stelle, zeigte Stefan ihm, wie man von Hand Fische fangen konnte. Der wusste genau, unter welchen Steinen und Uferunterspülungen sich die Forellen am liebsten versteckten. Also krempelte er die Ärmel hoch, schob die nach oben geöffneten Hände behutsam unter einen Stein. Als er zugriff, zuckte es kurz durch die Unterarme und schon zog er lachend eine Forelle aus dem Wasser. Pfäffli hatte es auch einmal versucht. Er hatte zwar Angst, von einem Fisch gebissen zu werden, oder womöglich von einem Krebs. Aber er wollte nicht als Hosenscheisser gelten und so tat er es trotzdem. Stefan zeigte auf einen Stein. Maxli zögerte, aber es musste sein. Zum Glück war kein Fisch darunter. Erleichtert zog er seine Hände wieder hervor: «Mist, da war keiner», sagte er, hoffend, dass er seinen Mut nun glaubwürdig unter Beweis gestellt hätte. Stefan liess nicht locker und führte ihn zu einer anderen Stelle, etwas weiter oben. Wohl oder übel musste der arme Maxli seine Ärmel noch einmal hochkrempeln. Er schob die Hände langsam durchs Wasser, unter eine Steinplatte. Plötzlich berührte er etwas Schlangenhaftes, kalt und glitschig wie ein Eiszapfen, schwabbelig wie ein Pudding. Die Gefahr, die von diesem Ungeheuer ausging, war so beträchtlich, dass Maxli den entscheidenden Griff unterliess. Die Forelle flitzte davon, auf Nimmerwiedersehen. Stefan klopfte ihm auf die Schulter. Bald darauf trafen sich die beiden mit zwei weiteren Freunden. Diese hatten im Wald bereits ein Feuer entfacht: «Wie viele habt ihr?» «Nur einen. Aber Mäxu hätte noch fast einen erwischt.» Während die Forelle über dem Feuer brutzelte, lauschten alle voller Bewunderung den Schilderungen von Max Pfäffli, welcher glaubwürdig darlegte, wie hartnäckig sich der Fisch gewehrt hatte und wie es ihm nicht möglich war, ihn zu kriegen.

Nun stand er wieder da, der ordinierte Pfarrer und erinnerte sich des längst verjährten Abenteuers. Das Wasser gurgelte so lustig wie damals, dicht belaubte Äste hingen über den Bach, einige Mücken tummelten sich in deren Schatten. Ob er es noch einmal versuchen sollte? Das ging natürlich nicht. Der Herr Pfarrer am Fischen, und das ohne Patent. Nein, das ging wirklich nicht.

Die kurze Zeitreise wirkte wie ein Zauber. Pfäfflis Beine wurden leichter, das Wandern zum Vergnügen. Er spürte, dass die Welt schön war und er freute sich des Lebens. Er begann ein wenig zu singen, denn danach war es ihm jetzt zumute. Er summte ein Liedchen vor sich hin, welches er, wer weiss wo, einmal aufgeschnappt hatte und nun in sich vorfand. Einen sanften Unsinn, beginnend mit der Zeile: «Dein holdes Lächeln, so wundersam …», der er im Begriffe war hinzuzufügen: « … macht froh den armen Wandermann». Plötzlich schmiss er die Stirnfransen jäh zur Seite, verwarf das zarte Liedchen als läppischen Unsinn und wies es streng von sich. Dies tat er allerdings mit einer gewissen Wehmut.

Gegen Abend erreichte Pfäffli sein Nachtquartier: ein leer stehendes Bauernhäuschen, oben auf einer Hügelkuppe. Hans hatte den Besitzer informiert und den Schlüssel organisiert. Pfäffli sah sich erst einmal um. Längsseitig des Hauses befand sich ein Schopf mit lehmigem, festgestampftem Naturboden, von wo man Futtertenne und Stall betreten konnte. Darüber führte die steile Zufahrt zum Heuboden, die Bünibrügg. Die Bühnentore hingen schief. Durch den seitlich angelegten Hauseingang gelangte man in die Küche, von wo eine Türe in ein Stübchen mit einem Bett führte. Pfäffli rollte seinen Schlafsack aus, legte sich ein paar Minuten auf die Matratze, ehe er dann wieder ins

Freie trat und auf dem Bänklein neben dem Eingang die Abendstimmung in sich aufsog. Im Schopf plätscherte das Wasser aus der Brunnenröhre. Sein Blick blieb am Bockwägeli hängen, welches ebenfalls im Schopf stand. Fast so, als hätte es jemand grad eben hingestellt. Ein Holunderstrauch mit tieffurchiger, schwarz-grüner Rinde wucherte ausserhalb der Bünibrügg in die Höhe, die Äste zwängten sich unter dem Dachtrouf durch, dem Licht entgegen. Ein Spatz flatterte daher und suchte darin sein Nachtlager. Der Garten war seitlich des Hauses angelegt, an der bereits abfallenden Rundung des Hügelkopfes. Hinter den losen Sprossen des Zaunes wucherte allerlei verwildertes Kraut. Kamille, Spitzwegerich, Minze und Himbeeren. Der abklingende Tag bescherte dem Betrachter malerische Sinneseindrücke. Harmonisch geformte Hügelzüge und in Chräche hinunterverlaufende Wälder, welche sich von Minute zu Minute immer mehr in Dunkelheit auflösten. Weiter entfernt, die weiss-schwarzen Felsstrukturen der Schratte, des Schibengütsch und der Sieben Hengste. In der Ferne die im Abendrot schimmernden Schneegipfel von Eiger, Mönch und Jungfrau. Die leicht dunstige Luft verlieh der Landschaft Tiefe und das Geheimnisvolle eines Gemäldes. Wie nie zuvor überkam Pfäffli das Gefühl, dass diese urtümliche Welt spreche. Eindringlicher als es mit Worten möglich wäre. Mit einer Sprache, die der eines Hans Frei sehr ähnlich war. Eine Sprache der Bilder. Ungekünstelt und ganz anders als das Geflimmer, welches tagtäglich an den ausgelutschten Sinnen der Menschen herumschmirgelte.

Aus dem nahen Wald sprang ein Reh in die Wiese hinaus, blieb stehen, drehte den Kopf einmal hin und her, ehe es ihn senkte und zu fressen begann. Wieder hob es den Kopf. Es schien etwas zu wittern. Zwei, drei lautlose

Sprünge, und weg war es. Schade. Pfäffli hätte es gerne beobachtet. Das war wohl einer dieser Momente, für den sein Grossvater nächtelang in einem Wald auf der Lauer gelegen hätte.

Der letzte helle Streifen entlang der Felszüge der Schratte erlosch. Bald darauf stieg ein bleicher Mond hinter dem Wald, in den dunkelblauen, noch rosa schimmernden Nachthimmel hinauf.

Eine angenehme Müdigkeit bemächtigte sich seiner. Pfäffli streckte seine Beine, ass einen Apfel, einen Getreideriegel und ein Stück Käse. Die ursprüngliche Idee, auf dem Feuerherd einen Risotto zu kochen, hatte sich bereits beim ersten Betreten der Küche verflüchtigt. Die alten Pfannen, die über dem Herd hingen, die Holzkellen, deren Enden ins Dunkelbraune verliefen und der eigentümlich abgestandene Geruch passten nicht zu seinen kulinarischen Gepflogenheiten.

Umso romantischer dagegen wirkte das Schlafgemach. Besonders bei Kerzenschein. Pfäffli schlüpfte in den Schlafsack und blies die Kerze aus. Da lag er, die Hände hinter dem Kopf gefaltet, in diesem knarrenden Bett, in welchem sicher auch schon Menschen gestorben waren. Mit seinen durch Heuschnupfen etwas gereizten Augen blickte er zur mondscheinerhellten Zimmerdecke empor, die Sonderbarkeit seiner Lebenslage betrachtend. Die Zeitformen verschwammen in ihm, verschmolzen ineinander und was sich ihm als Form des Daseins enthüllte, war eine ausdehnungslose Gegenwart, welche er als Theologe auch hätte Ewigkeit nennen können.

Wenn er auf sein Herz horchte, bereitete es ihm Vergnügen. Denn dieses Herz pochte hartnäckig und vordringlich, und das schon seit geraumer Zeit. Und es tat es nicht grundlos. Er brauchte nur an Monika zu denken. Und er dachte an sie. Fast beständig dachte er an sie. So lauschte er der Stille, seinem pochenden Herzen und versank kurz darauf in einen tiefen, traumlosen Schlaf.

In Anbetracht der nun kommenden Ereignisse wird es nützlich sein, die Leserin und den Leser in besonderer Weise auf dieselben vorzubereiten. Denn die Phänomene, welchen Pfäffli bald begegnen sollten, könnten leicht als Humbug oder Hirngespinste abgetan werden. Der Mensch mag zum Mond fliegen und der Mars rückt bereits in Griffnähe, und doch sind all diese Entdeckungen nichts weiter als eine Stecknadel im Heuhaufen, verglichen mit der Unendlichkeit des Universums. Wie viel weniger noch wissen wir von jener anderen, meist unsichtbaren Welt, eben von den Sachen «äne da». Diese scheinen im Emmental ihre ganz eigene Ausprägung zu haben. Von ruhelosen Seelen ist die Rede, welche vielleicht eine zu Lebzeiten ungesühnte Schuld begleichen müssen. Von Landvögten und anderen Herren, welche ihre Macht missbraucht, das Volk tyrannisiert, Grenzen überschritten oder niedergerissen haben. Einige wissen noch darum. Meist Alte, klug genug, um zu schweigen, wissend, dass es gefährlich sein kann, über solche Phänomene zu lachen. So wie es Pfäffli wohl auch getan hätte, wäre ihm nicht selber Sonderbares widerfahren.

Es musste um Mitternacht gewesen sein, als er erwachte. Die friedliche Nachtruhe wurde auf einmal durch eine zügige Bise gestört. Die schwarzen Tannenspitzen bewegten sich unruhig, einer Schafherde gleich, die durch Wolfsgeheul aufgeschreckt wird. Dunkle Wolken, manche bizarr geformt, andere ungeheuerlichen Fratzen gleich, jagten durch den Himmel. Bald erhellte milchiges Mondlicht das

Land, bald wurde es von dichtester Finsternis verschluckt. Der Wind trieb seine Spässe mit dem Häuschen, sodass es im Gebälk ächzte und knackste. Die Decke in Pfäfflis Zimmer bebte gleichmässig. Mehlig-morscher Holzstaub rieselte auf sein Gesicht. Pfäffli schoss auf. Mit aufgerissenen Augen und wie gebannt sass er in seinem Bett. Aus der Küche waren Geräusche vernehmbar. Nicht laut, aber so abscheulicher Art, dass ihm der Atem stockte. Es war Husten. Ein Husten, der mit keinem anderen vergleichbar war, den er jemals vorher gehört hatte. Ja, verglichen mit dem röchelnden Geräusch in der Küche wäre jeder andere Husten eine geradezu vor Gesundheit strotzende Lebensäusserung. Was dort aus der Küche vernehmlich wurde, war ein Laut, ganz ohne Lust und Leben. Ein Husten, nicht in richtigen Stössen, sondern mehr ein kraftloses Wühlen in einem Brei ekelerregender Substanzen. Dann waren Schritte zu hören. Und gerade so, als ob jemand zu kochen begann, schepperten auf einmal Pfannen und Geschirr. Nach einer kurzen Stille näherten sich die Schritte dem Schlafzimmer. Ein kalter Schauer fuhr über Pfäfflis Rücken. Er hörte das trockene Metallgeräusch der sich öffnenden Türklinke. Die Tür klemmte, hielt dem ersten Druck entgegen. Doch dann, mit einem Ruck, öffnete sie sich. Die Gestalt, welche, dem Pfarrer zugewandt, in der Türe stand, war die eines Menschen. Eingehüllt in schattenhafte Kleidung, welche Hosen und Hemd nur erahnen liess. Knochige Hände mit dürren Fingern hingen an schlaffen Armen. Was sich zwischen Hemdkragen und der schwarzen Zipfelmütze befand, war kein Kopf, sondern mehr ein gesichtsloses, weissliches Nichts, ähnlich einem kalten Novembernebel. Im unruhig schwebenden Nebelgesicht waren zeitweise Konturen eines Schädels mit Augenhöhlen und Mundöffnung erkennen. Übler Gestank, eine Art von faulen Eiern, stach Pfäffli in die Nase. Es war ihm, als ob jemand feine Fäden durch seine Atemwege zöge. Und mit jedem Atemzug kamen weitere Fäden dazu, die von einer unsichtbaren Spinne im Nu zu einem feinen Netz gesponnen wurden, welches ihn langsam einhüllte. Wie eine Fliege fühlte er sich. Gefangen im Netz, bangend vor der furchtbaren Spinne, welche das Netz gelegt hatte und ihm den Tod bringen würde. Ein Tod, der angesichts der schrecklichen Lage allerdings nur Erlösung bedeuten konnte.

Das Nebelgesicht blickte zum Pfarrer. Ohne eine Bewegung, ohne Augen, aber in unermesslicher Trauer. Dann zog die Gestalt die Türe wieder hinter sich zu, um sich in der Küche der ihr von einer jenseitigen Macht aufgetragenen Arbeit zuzuwenden. Jetzt löste sich Pfäfflis Starre. Was griffbereit lag, stopfte er hastig in den Rucksack, dann öffnete er das Fenster, schlüpfte durch dieses hinaus und dann, wie von allen guten Geistern verlassen, rannte, stolperte und stürzte er sich hinaus in die Nacht. Mit gigantischen Schritten, wie von Sinnen, ohne zu wissen, wo er war, stürmte er den Wald talabwärts. Ein Wald, schwarz wie die Hölle. Wie mit unsichtbarer Hand schlug ihm ein herabhängender Ast das Gesicht blutig. Pfäffli fiel halb betäubt in die Schwärze hinein und mit dem Kopf in ein Dornengestrüpp. Er glaubte, eine wilde Jagd hinter sich zu hören. Sein Herz drohte zu explodieren. Er stand auf, versuchte das Gleichgewicht zu halten und taumelte weiter. Seine Schritte wurden erst ruhiger, als er das asphaltierte Strässchen auf waldfreiem Gelände erreichte. Keuchend, immer noch im Laufschritt, folgte er dem Strässchen. Bald hatte er die Talsohle des Chutzenbachs erreicht. Die Gewissheit über seinen Standort beruhigte ihn nur wenig. Irgendwann würde er die ersten Häuser im Chutzengraben erreichen, wo möglicherweise noch jemand wach wäre. Doch vorerst war er noch da, drinnen in diesem Todeskrachen, wo kein Lichtlein brannte und der Teufel samt seiner Grossmutter herumalberten, wie es ihnen grad am besten gefiel. Plötzlich dröhnte ein Gesang durchs finstere Tal. Die Stimme hatte die Wucht eines donnernden Baritons. Dann schnellte sie wieder in die Höhe, fuhr durch Mark und Bein, wie das Jaulen eines Hundes. Dicke Schweisstropfen rannen über Pfäfflis heisse Stirn: «Unser Vater im Himmel … erlöse uns von dem Bösen», flüsterte er und hielt inne: Gütiger Himmel, das darf doch nicht wahr sein! Hatte er nun den Verstand komplett verloren? Was immer für ein Gespenst seine Stimme erhoben hatte, es trieb seine Spässe mit Pfäffli in übelstem Galgenhumor. Das intonierte Lied war jenes, welches schon den ganzen Sommer durch im Radio auf und ab gespielt wurde. Das Lied von Gügi, welches Pfäffli veranlasste, sein Radio gar nicht mehr einzuschalten: «E Schuss, e Schuss, e Schuss is Glück!» Ein furchtbarer Schrecken umklammerte Pfäfflis Herz. Einem Irrlicht gleich, torkelte er durch die Finsternis. Er suchte nach Schutz, wo es keinen gab, hätte sich an einen Grashalm geklammert, wenn er einen gesehen hätte. Himmel und Hölle schienen sich gegen ihn verschworen zu haben. Die verwachsene Wunde eines vom Blitz abgerissenen Astes an einem Eichenstamm blickte ihn an mit einer Fratze, vor der sich der Teufel gefürchtet hätte. Er musste raus aus diesem Höllenloch. Pfäffli hastete weiter.

Das Singen verwandelte sich allmählich in ein herzzerreissendes Winseln und Pfäffli wurde gewahr, dass es sich beim Sänger nicht um einen Geist, sondern um einen Menschen aus Fleisch und Blut handelte. In diesem Blute aber mochte ein nicht unbeträchtlicher Anteil an Alkohol enthalten sein. Pfäffli, der sich angesichts der neuen Situation wieder einer verstärkten Klarheit im Kopf bediente, leitete dies vom unorthodoxen Gesangsstil ab. Die Szene, die Pfäffli kurz darauf vorfand, liess ihn mit einem Schlag allen Geisterglauben vergessen. Ein weisser Pick-up lag seitlich eingekeilt im Bachbett. Der Chauffeur sass seelenvergnügt im Wasser, welches sich oberhalb des Fahrzeugs zu stauen begann, und sang inbrünstig sein Liedchen. Mit überschwänglichen Bewegungen dirigierte er sich selber, liess die Arme ins Wasser eintauchen, dann wieder durch die Lüfte schwingen, wobei kleine Bächlein aus den Ärmeln seiner Lederjacke plätscherten. Es war Gügi selber. Der Unfallvorgang war leicht nachvollziehbar: Trunkenheit am Steuer, überhöhte Geschwindigkeit, Nichtbeherrschen des Fahrzeuges und tschüss in den Bach. Personen kamen keine zu Schaden. Pfäffli musste sich also ob seiner aufkommenden Schadenfreude kein Gewissen machen. Er blieb oben auf dem Strässchen stehen und betrachtete den Unglücksvogel im Wasser, der sich aus genannten Gründen jedoch in keiner Weise als solcher fühlte. Im Gegenteil. Er experimentierte mit immer neuen Tönen und Lauten, so als wolle er nicht nur einen neuen Song komponieren, sondern gleich einen neuen Stil erfinden. Dabei rief er nach Monika, sie solle auch kommen, das Wasser sei gar nicht kalt. Erst jetzt fiel Pfäffli ein, dass noch jemand im Fahrzeug sein könnte. Er rutschte das Bachbördchen hinunter, kletterte vorne die Kühlerhaube rauf und balancierte über den Kotflügel bis zur Führerkabine. Da lag sie, angegurtet im Beifahrersitz, mit blutüberströmtem Kopf und bewusstlos: Monika Frei. Jetzt musste es schnell gehen. Allein konnte er sie dort nicht herausholen. Mit Gügis Hilfe konnte er nicht rechnen. Also sofort Polizei und Notarzt alarmieren. Pfäffli sprang ins Wasser, krabbelte den Hang hinauf, um im Rucksack das Handy zu holen. Wenn man seine Erlebnisse jener Nacht als Horror bezeichnen möchte, dann war dies nun die Hölle selber: Das Handy war nicht da. Er hatte es in der Alphütte liegen lassen. Pfäffli rutschte den Abhang hinunter, watete durchs Wasser, packte Gügi am Kragen, schrie ihn an: «Wo ist dein Telefon?» Gügi glotzte Pfäffli ungläubig an, etwa so, wie wenn dieser einem Esel das «Vaterunser» hätte beibringen wollen: «He, he, Herr Pfarrer, nur kein Stress. So spricht man doch nicht mit einem Star», beschwichtige er und gluckste dabei er wieder sein Lied: «E Schusssss, is Glück …, das werden Sie doch wohl kennen, oder?» Pfäffli sagte ja und flehte: «Bitte Gügi, gib mir dein Telefon!» Gügi suchte seine Taschen ab, erst in der Jacke, dann in der Hose. Dort fand er es. Patschnass und mit einem Spalt im Screen: «Da, bitte.» Pfäffli nahm das Telefon entgegen, welches so tot und nutzlos war, wie er sich sogleich selber fühlte. Pfäffli kletterte das Bachufer hinauf. Er musste Hilfe holen und rannte auf dem Strässchen bachabwärts. Heisse Tränen rollten über seine Wangen: «Bitte Gott, bitte Gott.» Mehr brachte er nicht über seine bebenden Lippen. Beim ersten Haus schlug er Alarm, schubste das verdutzte Männchen im Nachthemd, welches die Türe öffnete, beiseite und eilte zum Telefon. Danach kehrte er zurück zum Unfallort und setzte sich erschöpft auf den Boden. Da sass er, Pfarrer Max Pfäffli, ein Häufchen Elend und Verzweiflung. Bald hörte er eine Sirene. Er hob seinen schweren, zerschlagenen Kopf mühsam auf und versuchte die Augen zu öffnen. Als sich die verkleisterten Augenlider trennten, sah er in den schwarzen Tannwipfeln blaues Licht flackern. Sekunden später trafen Polizei und Rettungssanität ein. Sie machten sich sogleich an die Arbeit, holten Monika raus. Wie aus einer fernen, unwirklichen Welt hörte Pfäffli die Stimmen: «Rissquetschwunde an der rechten Schläfe. Hirnerschütterung, vermutlich mit Fraktur.» Monika wurde verladen, das Rettungsfahrzeug setzte sich in Bewegung. Die Polizei sicherte den Unfallort. Gügi und Pfäffli wurden zur Einvernahme auf den Posten gebracht. Gut und Böse, schweigend vereinigt, auf dem Rücksitz eines Polizeiwagens. Gügi wie ein angeschlagener Boxer kurz vor dem K.o.-Schlag. Pfäffli auch angeschlagen, aber mit der Genugtuung eines Ritters der Landstrasse. Ganz über alle Zweifel erhaben war seine Lage allerdings auch nicht, war er doch zu fragwürdiger Stunde an einem sehr fragwürdigen Ort zugegen. Um nicht zu riskieren, in die Psychiatrie eingeliefert zu werden, verschwieg er den wahren Grund seines Aufenthaltes und machte geltend, er hätte sich beim Rekognoszieren verirrt.

*Kapitel 8*

# Der Freudenschuss

✦

Samstagmorgen. Die Ereignisse der letzten vierundzwanzig Stunden hatten auf Pfäfflis Beziehungen die Wirkung eines Säurebades, das allen Wortplunder wegätzte und den Kern des Sachverhalts freilegte. Als Erste erschien Silvia Bürki, gegen zehn Uhr und mit der Kündigung. Pfäffli reagierte mit beherrschter, sachlich-kühler Stimme und äusserte sein Bedauern. Silvia dagegen hielt sich nicht an diplomatischen Firlefanz: «Ich habe diese Heuchelei endgültig satt! Herr Pfarrer, ich hoffe, dass Sie von Ihrem moralischen Hochsitz herunterkommen, bevor noch Schlimmeres passiert!» Damit verliess sie sein Büro.

Es ist nachvollziehbar, dass dieser Auftritt Pfäffli nicht nur irritierte, sondern auch vor den Kopf stiess. Schliesslich hatte er gerade – er zählte zurück – acht Stunden vorher Monika Freis Leben gerettet. Er konnte nicht verstehen, was auf einmal in dieses Weibsstück gefahren war? Vielleicht hatte es etwas mit seinen Recherchen für die geplante Nazi-Enthüllungsgeschichte zu tun. Hatte sie davon Wind bekommen? Hatte sie womöglich in seinem Büro herumgeschnüffelt? Richtig! Jetzt fiel es ihm ein! Nach seiner ersten politisch gepfefferten Predigt hatte er noch zweimal in dieselbe Kerbe gehauen. Und, als hätte sie es gewusst, Silvia sass beide Male in der Kirche. Wegen ihrer Anwesenheit hatte Pfäffli sein politisches Erlösungskonzept zwar etwas weniger freimütig gepredigt, aber immerhin. Sie musste also spioniert haben! Der Zusammenhang mit Gügi war leicht herzustellen. Den müsste sich Pfäffli dringend einmal vorknöpfen! Zu viele Fragen schrien nach Aufklärung. Besonders die, was Monika in Gügis Auto zu suchen gehabt hatte. Natürlich wollte Pfäffli den Unfall nicht politisch deuten. Dieser hatte vor allem mit Gügis Unverantwortlichkeit zu tun, welche sich aber ohne weiteres auch in einer entsprechenden politischen Haltung niederschlagen könnte. Und dass Gügis Dreistigkeit nun ein erstes Opfer gefordert hatte, konnte keiner von der Hand weisen. Die Fahndung hatte jetzt ein Gesicht bekommen. Das von Monika. Unschuldig, jung und schön. Pfäffli tigerte rastlos im Pfarrhaus umher. Die Mischung aus politischem Sendungsbewusstsein und Wut und der Gedanke an Silvia Bürki brachten ihn zur Weissglut. In seinem Innern hämmerte es wie in einer Waffenschmiede vor dem Krieg. Um solch subversiven Elementen der Gesellschaft das Handwerk zu legen, brauchte es schweres Geschütz. Je länger, je mehr erschien ihm dafür kein Preis mehr zu hoch. Selbst wenn dafür die Bundesverfassung oder gar die Bibel neu geschrieben werden mussten!

Er wollte Brauer, den Journalisten, informieren, doch bei dem meldete sich nur die Combox. Es folgte eine weitere Stunde des Herumtigerns.

Kurz vor Mittag schaute Hans Frei vorbei. Bepackt mit seinem Rucksack, sah er aus, als käme er gerade vom Märit. Gemischte Gefühle bei Pfäffli. Schliesslich musste er davon ausgehen, dass Hans ihn mit Absicht in das Geisterhaus geschickt hatte. Aus welchen tiefsinnigen Gründen auch immer. Trotzdem gehörte der Heimiseggler für Pfäffli zu den Opfern. Und ja, der erlittene Geisterschrecken hatte möglicherweise Monikas Leben gerettet.

Zum ersten Mal wurde Hans nicht ins Büro, sondern ins Wohnzimmer geführt. Er kam gerade vom Spital. Noch war unklar, wie schlimm es um Monika stand. Sie war zwar gegen Morgen kurz zu sich gekommen. Bei den Untersuchungen hatten die Pupillen auf den Lichtreiz unterschiedlich reagiert, was kein gutes Zeichen war. Danach fiel sie ins Koma. Hans redete mit Pfäffli im Vertrauen, fast so wie man zu einem Freund spricht: «Möglicherweise wird Monika nie mehr so sein, wie wir sie gekannt haben. Es könnte sein, dass ihr Hirn bleibenden Schaden genommen hat. Vorerst liegt sie im Koma und wir können einfach hoffen und beten.» Pfäffli nickte. «Weisst du, Max», fuhr Hans fort: «Mit den Männern hatte Monika nie Glück. Ich hätte es ihr gegönnt, wenn sie einen aufrichtigen Mann gefunden hätte.» «Ich auch», antwortete Pfäffli kleinlaut. «Erinnerst du dich, Max, das Gewehr in meiner Stube? Es war die Weiberbüchse meiner Vorfahren. Sie wurde immer weitervererbt. Einmal kam sie zum Einsatz, damals im Sonderbundskrieg. Danach wurde sie gottlob nie mehr gebraucht. Sie wurde zu einem Symbol der Bereitschaft, mit Leib und Leben für seine Frau da zu sein. Nach all den Enttäuschungen, die Monika widerfahren sind, witzelte sie manchmal: ‹Grossätti, die Männer von heute sind keinen Schuss Pulver wert. Sie wissen einfach nicht was sie wollen. Ab sofort blitzt bei mir jeder ab, der nicht eine Weiberbüchse vorweisen kann.›» Die beiden schwiegen eine Weile. Bevor sich der Heimiseggler verabschiedete, grabschte er in seinem Rucksack herum: «Da ist noch etwas, Max. Die Flinte deines Grossvaters … ich habe sie nach seinem Tod immer in Ehren gehalten. Ich denke, es ist Zeit, dass sie wieder zurück in die Familie kommt. Ich glaube, bei dir ist sie in guten Händen.» Hans zog einen Lauf aus dem Rucksack, das Mittelstück und den Kolben einer Flinte. Diesen klickte er beim Mittelstück ein, den Lauf schraubte er mit routinierten Drehungen vorne hin: «Ein Schrauber. Der Traum jedes Schleichjägers unserer

Zeit! Siehst du diese Verzierungen am Verschlusskasten?» Es entging Pfäffli nicht, dass Hans das Wort «Wilderer» nur selten benutzte. «Wilddieb» oder gar «Frevler» hatte er aus dessen Munde nie gehört. Stattdessen verwendete er das alte Emmentaler Wort «Schlychjeger», welches zugegebenermassen viel charmanter klang. Max Pfäffli begutachtete die eingravierten Verschnörkelungen und die feinen Tiermotive. Ein Hase, ein Fasan und zwei fliegende Enten. Selbst am Öffnungshebel befanden sich kunstfertig eingearbeitete Tiermotive. Die Waffe lenkte Hans ein wenig von der Situation mit Monika ab: «Keine Seriennummer, keine Markenbezeichnung, nichts. Ein unbekannter Büchsenmacher hat dieses Kunstwerk hergestellt.» Pfäffli strich sich die Fransen aus dem Gesicht und bedankte sich. Hans wünschte einen schönen Tag und ging.

Die folgenden Tage hatten die Konsistenz von Riemenharz. Jonas Brauer war nicht erreichbar und, was noch schlimmer war, Monikas Zustand blieb unverändert. Es wurde Dienstag, bis Brauer ein Lebenszeichen per Mail von sich gab: «Salü Max – sorry, dass ich mich nicht gemeldet habe. War extrem im Stress. Ich hoffe, mein Artikel über Gügi hat dir gefallen. Er musste raus, weil ich ein interessantes Angebot vom Fernsehen bekommen habe und deswegen den Job bei der ‹Bundeswoche› quittiert habe. Sei mir nicht böse. Es gibt schliesslich auch gute Neuigkeiten für dich. Ich habe bei der Redaktion durchgeboxt, dass sie ein Porträt über dich machen! Sie werden sich bei dir melden. Bis bald, Jonas.»

Verglichen mit dieser Nachricht, hätte Max Pfäffli eine Faust im Auge als liebliche Geste empfunden. Jetzt hatte dieser Lumpenhund von Brauer hinter seinem Rücken einen Artikel herausgebracht. Erschienen am Tag, an dem er rekognosziert und keine Zeitung gelesen hatte. Ausgerechnet jetzt, da Pfäffli sich schon fast am Ziel seiner Recherchen wähnte, klatschte Brauer der Welt einen Artikel um die Ohren, der bestenfalls auf ein paar Vermutungen beruhte. Für den war die Faktenlage offenbar keine feste Materie, sondern eher eine Knetmasse, aus der sich Storys mit Sensationsfaktor formen liessen. Dabei war er so versessen darauf, ein Feuerchen zu löschen, dass er erst eines entfachen musste. Ob daraus ein Flächenbrand entstehen würde, war noch offen. Auf jeden Fall war Gügis Musik plötzlich nicht mehr eine Frage des Geschmacks, sondern der politischen Gesinnung. Sozusagen eine Glaubensfrage. Es gab nur noch Schwarz oder Weiss, keine Zwischentöne mehr.

Und noch etwas: Wem immer Pfäffli auf der Spur war, er war gewarnt. Weitere Untersuchungen waren jetzt kaum mehr möglich.

Der neue Tag schlich sich an. Still und schwül, wie es der vorherige war und wie es die nächstfolgenden sein würden. Als ob Pfäffli nicht schon genug Sorgen gehabt hätte, musste er sich jetzt noch mit einer Invasion von Fliegen und Mücken herumschlagen. Im Kampf gegen die lästigen Plagegeister wählte er die insektizidfreie Methode, welche vom Standpunkt der Fliegen her mit einigem Leiden verbunden war: Die aus einer Papphülse herausziehbaren, mit klebrigem Lockstoff versehenen Streifen. Auf einer kleinen Kippleiter stehend, machte er sich daran, eine dieser Fallen an der Bürodecke zu befestigen.

Die turbulenten Ereignisse hatten also Pfäfflis Beziehungen teilweise sehr in Mitleidenschaft gezogen. Von dieser Wirkung in besonderer Weise betroffen, waren die Personen Gügi, Silvia Bürki und Jonas Brauer. Nur bei

Hans Frei war das Gegenteil festzustellen: Das Verhältnis zu ihm wurde vertrauter. Deshalb darf es nicht verwundern, dass Pfäffli sich bei dessen Anmarsch über den Fussweg zum Pfarrhaus nicht von der Leiter bemühte, sondern ihm durchs offene Fenster zurief: «Komm nur rein, Hans. Die Türe ist offen.»

Hans konnte nichts Neues über Monikas Zustand berichten. Das Bangen hielt an. Pfäffli hielt es für angebracht, Hans nun über die tieferen Zusammenhänge gewisser Sachverhalte zu informieren. Besonders jetzt, da sie der Umstände wegen irgendwie im selben Boot sassen. Ausserdem dünkte es Pfäffli, Hanses wohlwollende Meinung über Gügi sei etwas allzu blauäugig, wenn nicht gar naiv.

«Hans, ich glaube, es gibt da etwas, das du wissen solltest… Setz dich doch, ich mache dir einen Kaffee.» Hans setzte sich auf den Ledersessel, welcher neben dem Büchergestell stand: «Darf ich rauchen?», rief er durch die offene Türe. «Weil du es bist… aber mach vorher noch das andere Fenster auf!», schallte Pfäfflis Stimme durch den Korridor, begleitet vom ächzenden Surren des Mahlwerks der Kaffeemaschine. Pfäffli trug den Kaffee auf. Die Tasse für den Heimiseggler stellte er auf das kleine, runde Tischchen neben dem Ledersessel, seine eigene auf den Schreibtisch. Er selber setzte sich auf den Bürostuhl. Durchs Büro zog ein feiner Tabakrauch. Pfäffli suchte nach den richtigen Worten: «Hans, es sind einige sonderbare Dinge geschehen.» «So? Was denn für Dinge?» «Jemand schnüffelte in meinem Büro herum und ich glaube, es hat mit einer politisch extremen Untergrundbewegung zu tun.» Während Pfäffli sich dies sagen hörte, flitzte er mit der rechten Hand über den linken Unterarm, um eine Fliege zu fangen. Hans biss auf seine Pfeife, als wollte er sie grad essen: «Sappermänt, das klingt ja wie eine richtige Verschwörungstheorie. Jetzt sag bloss noch, es sei eine böse Fliege gewesen.» «Was meinst du mit einer bösen Fliege?» «Ach, das war nur ein Witz… Früher glaubte man, dass Menschen mit magischen Kräften, in Mäuse, Fliegen oder Vögel verwandelt, andere ausspionieren konnten.» Pfäffli zwang sich zu einem Lächeln. Er musste an Silvias Gespräche mit Fliegen denken, damals, beim ersten Besuch von Jonas Brauer, dem Journalisten, an ihr offensichtliches Vorwissen über seine Predigten und natürlich an die Geistererscheinung vor einigen Tagen. Pfäffli fuhr fort: «Du wirst es nur ungern hören, aber vermutlich hat Gügi auch etwas damit zu tun. Er hat mich terrorisiert.» Er hatte das letzte Wort leiser gesprochen als alles Vorhergehende, ohne eine Körperbewegung. Seine Brillengläser blitzten kurz auf. Hans vergass an der Pfeife zu ziehen und schaute so ungläubig, als flöge ein rosaroter Elefant vor dem Fenster durch. Nun musste es raus. Pfäffli berichtete von jenem ominösen Gottesdienst im Frühling, von dem in der Kirche sonst nie gesehenen Gast Gügi und von den nächtlichen Störattacken. Pfäffli hatte noch nicht ausgeredet, da begann der Heimiseggler zu lachen, dass es ihm fast die Knöpfe vom Gilet absprengte. Eine trollige Träne glänzte in einem Augenwinkel. Jetzt schaute Pfäffli ungläubig, so als drehe der rosarote Elefant noch ein Looping. Hans konnte sich kaum halten. Als er wieder in der Lage war, zu sprechen, eröffnete er für Pfäffli folgende neue, wenn auch unangenehme Perspektive: «Max, da hast du dich aber in etwas hineingeritten… Ich weiss, wovon du sprichst. Am 30. April war es. Es ist der Todestag von Gügis Mutter. Deshalb war er im Gottesdienst. Traurige Geschichte. Er hat sie schon als Kind verloren. Weisst du, für die meisten ist Gügi ein gross gekotzter Halouderi. Aber in Wirklichkeit ist er ein ganz

lieber und empfindsamer Mensch. Und die Erklärung für deine Terrorattacke ist im Liebeswerben eines Jünglings zu suchen. Ein paar Halbwüchsige wollten in jener Nacht einem Fräulein in deiner Nachbarschaft ein Maibäumchen aufstellen. Dummerweise waren sie schlecht vorbereitet und wussten nichts von der beim Dachtrouf eingeführten Telefonleitung. Als sie sich dann des Nachts an die Arbeit machten, verfing sich das Tännchen in der Leitung. Jedes Mal, wenn sich die Drähte berührten, klingelten einige Telefone in den Nachbarhäusern. Dass du das nicht gewusst hast. Das halbe Dorf hat sich darüber fast totgelacht.»

Pfäffli war es nicht zum Lachen zumute. Seine Jagd nach dem Bösen entpuppte sich in einem Augenblick als ein Haschen nach Wind. In weniger als einer Minute fielen die Ergebnisse einiger Wochen detektivischer Untersuchungen in sich zusammen wie ein Kartenhaus. Peinlich. Hans, ahnungslos darüber, dass er gerade ein Lebenswerk im Keim erstickt hatte, klopfte ihm auf die Schulter und sagte: «A la bonör. Lass uns essen gehen. Warst du schon einmal im Tannenbad?» Pfäffli hatte keinen Hunger, aber Hans bestand darauf. Ein kleiner Tapetenwechsel täte beiden gut.

Hans steuerte seinen Toyota temperamentvoll dem vorgeschlagenen Ziel entgegen, auf engen Strässchen, durch scharfe Kurven, kaum abbremsend beim Kreuzen eines Traktors. Er war gesprächig. Bei den Höfen Eggisberg und Horn wusste er von geheimen Tunnelausgängen zu berichten, welche einst Täufern dienten, um den Häschern der Vögte zu entkommen. «Die religiöse Überzeugung war meiner Meinung nach nur ein Vorwand für die Verfolgung», glaubte er. «Es ging um Politik, um Kontrolle. Die Täufer waren Freidenker. Sie akzeptierten die staatlich gegängelten Machtstrukturen der Kirche nicht und erlaubten sich selbstständiges Denken. Du solltest mal im Schloss Trachselwald die Gefängniszellen vom Täufer Haslibacher und vom Bauernführer Leuenberger besichtigen. Dann weisst du, wie rigoros der Staat mit Andersdenkenden umgegangen ist!» Hans bremste seinen Wagen, schaltete zurück und setzte die Fahrt im Schritttempo weiter: «Wir sind gleich da. Aber schau, dort drin im Wald, das gelobte Land. Amerika.» Pfäffli fiel nichts Besonderes auf. Ein schmales Tälchen, wie es hier viele gab, von Wäldern gesäumt, schattig, neben dem Strässchen ein Bach, überwachsen mit Kerbeln. «Die Täufer waren schlau. Damit sie die Toten auf ihre Weise begraben konnten, nannten sie ihre Friedhöfe Amerika. Wenn dann einer fehlte, konnten sie den Behörden ohne zu lügen erklären, der Betreffende sei nach Amerika übergesiedelt.»

Das Essen im Tannenbad, ein typisches Emmentaler Haus mit heimeliger Gaststube, erfüllte die Erwartungen der beiden Gäste in jeglicher Hinsicht. Vom Anetzerli bis zum Absackerli liess die Bewirtung keine Wünsche offen. Die Heimfahrt war, wie Pfäffli beim Einsteigen ins Auto richtig prognostizierte, in gleicher Weise temperamentvoll. Lediglich beim Kreuzen eines Traktors bremste Hans wider Erwarten stark ab. Sie erreichten das Pfarrhaus heil und sicher.

Das kleine Festmahl im Tannenbad war mehr als eine Aufhellung an Pfäfflis bewölkten Himmel. Es markierte eine die Fassungskraft überschreitende Wende zum Guten. Kaum hatten sie das Büro betreten, brachte ein Telefonanruf von der Heimiseggbäuerin zarteste Erlösung, seit es Hoffnung gab. Monika war aus dem Koma aufgewacht! Sie sei noch schwach, brauche Ruhe, aber es gehe ihr gut. Ausserdem habe die starke Hirnerschütterung viele Erinnerungen ausgelöscht, insbesondere den Unfallhergang. Aber das könne wiederkommen. Und sie lasse Max grüssen!

Damit sich der Leser bei darauffolgendem Szenarium nicht zu falschen Mutmassungen hinreissen lässt, sei hier ausdrücklich erwähnt, dass sich Pfäfflis Alkoholkonsum im Tannenbad auf einen Martini zum Apéro und ein oder allerhöchstens zwei Gläser roten Epesses zum Hauptgang beschränkte. Anders als Hans hatte er auf einen Schnaps zum Kaffee verzichtet.

Pfäffli sprang aus seinem Bürostuhl, rannte zum Büchergestell, ergriff die ungeladene, in der Ecke stehende Flinte, hüpfte in kriegstanzähnlichen Gebärden zum Fenster, fasste den Kirchturm ins Visier, biss auf seine Unterlippen, schnitt eine Grimasse und zog am Abzug: «Peng!» Dabei schwenkte er das Gewehr theatralisch in die Höhe, von der Waagrechte in die Senkrechte, als hätte er eine Interkontinentalrakete abgefeuert. Hans, dem ebenfalls ein Klumpen vom Herzen gefallen war, lachte und meinte: «Jetzt weisst du, warum wir im Emmental keine Güggel auf den Kirchtürmen haben ...»

*Kapitel 9*

# Meditationen

✦

Was war das eigentlich für eine Direktive, welche den sonst äusserst korrekten Pfarrer Max Pfäffli zu einem so ungewohnt starken Gefühlsausbruch veranlasste? Wie war es möglich, dass der Pazifist plötzlich freiwillig zu einer Waffe griff? Man musste fast befürchten, Pfäffli sei seine Urteilsfähigkeit abhandengekommen. Es bestand kein Zweifel: Pfäffli befand sich in einem emotionalen Ausnahmezustand, aber wir äussern uns jetzt nicht zur exakten Diagnose. Denn solange nicht einmal er selber wusste, wie ihm geschah, sollten auch wir mit unserer Mutmassung Zurückhaltung üben.

Zumal das, was Pfäffli zu durchleben hatte, doch mit einigem Schmerz verbunden war – und dieser Schmerz war durchdringend. Allein der Umstand, dass Monika Frei des Nachts allein mit Gügi unterwegs gewesen war, bedeutete für Pfäffli eine solche Erschütterung des Nervensystems, dass es ihm fast den Atem verschlug. Selbst wenn Gügis erotische Ausstrahlung auf Monika nicht stärker gewesen wäre als die einer schielenden Kröte: Der Gedanke daran liess Pfäffli keine Ruhe. Die Vorstellung, dass Monikas Zuneigung für Gügi grösser sein könnte als für eine Kröte der eben erwähnten Art, enthielt für ihn eine deutlich spürbar entehrende Komponente. Und falls sich herausstellen sollte, dass da eine Romanze im Gange war, es hätte Pfäffli schier das Herz gebrochen. Allein die Vorstellung vermochte ihm bittere Tränen in die Augenwinkel zu treiben.

Um sich eine umfassende Vorstellung von Pfäfflis Zustand machen zu können, darf allerdings das zweite vorherrschende Grundgefühl nicht unerwähnt bleiben. Denn während er manchmal in seinem unsäglichen Leiden fast des Lebens überdrüssig wurde, überkamen ihn dann auf einmal wieder Glücksmomente, die ihn fast zu den Wolken hinauf katapultierten. Diese Glücksmomente waren zahlreich, und obgleich meist nur durch unscheinbare Anlässe ausgelöst, war die damit verbundene Freude nicht weniger eindringlich als das Leiden. Fast jeder Augenblick des Tages war geeignet, sie entstehen zu lassen.

Monikas Zustand verbesserte sich von Tag zu Tag. Bei Pfäfflis erstem Besuch im Spital ergab es sich, dass Monika darum bat, ihr das Kopfkissen etwas zurechtzurücken. In ihrem linken Arm steckte eine Infusionsnadel, weshalb die gewünschte Tätigkeit von ihr selber eine erhöhte Anstrengung abverlangt hätte. Pfäffli zeigte sich äusserst hilfsbereit, sprach nur mit gedämpfter Stimme, drehte das Kissen in alle erdenklichen Lagen und erkundigte sich mehrmals nach dem Liegekomfort. Es entging ihm kein Fältchen, er zupfte und strich am Kissen herum, ergeben und dienstbar, als wäre er ein Eunuch der Kleopatra. Nun, Pfäffli war kein Eunuch. Deshalb führte diese Begebenheit zu folgendem, entzückendem Ereignis: Ihre Augen begegneten sich in unmittelbarer Nähe! Die blauen von Pfäffli und die rehbraunen von Monika. Oh, unglaubliches Abenteuer, oh Jubel, Triumph und grenzenloses Frohlocken! Das wegen des Unfalls blau unterlaufene rechte Auge von Monika bedeutete nicht im Geringsten einen ästhetischen Nachteil. Vielmehr verlieh es der Szene eine dramaturgische Tiefe, welche Pfäffli noch manchen Tag hochleben liess.

Zugegebenermassen gab es Dinge in Monikas Lebensweise, die ganz und gar nicht in Pfäfflis Vorstellungen passten. So sass sie zum Beispiel mit krummem Rücken und hochgezogenen Beinen auf Stühlen, schöpfte bestimmte Speisen nicht mit dem dazu vorgesehenen Besteck, sondern mit dem Messer. Käse und Wurst ass sie sogar mit demselben. An solchen Ungezogenheiten hätte Pfäffli normalerweise schweren Anstoss genommen. Zeugten sie doch von einem offensichtlichen Mangel an Disziplin, wenn nicht gar von Faulheit. Er hätte sich eines Gefühls der Überlegenheit nicht erwehren können. Aufgrund seines aktuellen Zustandes allerdings hatte für Pfäffli die Pädagogik nun ausgespielt. Er hatte nicht nur aufgehört, über sie zu urteilen, sondern er begann seinerseits mit dieser Lebensweise Versuche anzustellen. Er, der seit frühester Kindheit nichts anderes kannte als mit geradem Rücken auf Stühlen zu sitzen, probierte, wie es war, wenn er mit zusammengezogenem und krummem Rücken zu Tische sass. In der Tat empfand er es als grosse Erleichterung für die Beckenmuskeln. Ferner leuchtete ihm nicht mehr ein, weshalb er Türen immer so umständlich hinter sich zuschloss. Auf einmal liess er sie einfach offen, manchmal liess er sie auch hinter sich zufallen. Auch dies erwies sich sowohl als bequem wie auch als angemessen. Als er es einmal mit der Kirchentüre zu Beginn eines Gottesdienstes machte, erntete er vorwurfsvolle Blicke. Ärgerlich. Für Pfäffli aber nicht etwa das Türeschletzen, sondern diese biederen, hochnäsigen Reaktionen.

Und nun zum erstaunlichsten Phänomen, welches zweifelsohne auch mit Pfäfflis Zustand des Innenlebens zu tun hatte: die Flinte. Wie bereits ausgeführt, kam Pfäffli zu dieser wie die Jungfrau zum Kinde. Seine üblichen Assoziationen, bei denen er Waffen ausschliesslich mit Gewalt, Krieg und ausgemergelten Kindern in Verbindung gebracht hatte, wurden bei Grossvaters Flinte nicht geweckt. Im Gegenteil. Er dachte an Monika. An den Tag ihres Erwachens, an dem er vor Freude am liebsten in die Luft geschossen hätte und den Schuss leider nur simulieren konnte. Was diese Flinte alles erlebt haben musste … Seinem Grossvater hatte sie Glück gebracht, den Weg geebnet für ein besseres Leben. Und somit auch ihm selber. So kam es, dass Pfäffli begann, Waffenbesitz nicht mehr grundsätzlich als etwas Schlechtes zu betrachteten. Grossättis Schrauber wurde fein säuberlich geputzt, der Lauf und der Holzschaft frisch eingeölt und in Sichtweite vom Bürostuhl in eine Ecke gestellt. Ab und zu nahm er die Flinte in seine Hände und erfasste draussen irgendein Ziel. Dabei stellte er fest, dass dieses verflixte Korn vorne am Gewehrlauf nicht ruhig bleiben wollte. Ein Vorkommnis, welches nicht mit dem Gewehr, sondern mit dem Schützen zu tun haben musste. Kurz, Pfäfflis Treffsicherheit war gleich null. Natürlich hatte er es mit einer Schrotflinte zu tun, mit welcher man auf relativ kurze Distanzen bewegliche Ziele beschoss. Nichtsdestotrotz konstruierte Pfäffli in seinem Kopf einige fiktive Situationen mit einem Kugelgewehr. Mit komplizierten Formeln errechnete er die durchschnittlich angenommenen Kornbewegungen auf verschiedene Distanzen hoch. Dabei ergab sich folgendes Resultat: Bei zehn abgefeuerten Kugeln auf 300 Meter befänden sich zwar drei Einschüsse auf der Scheibe, doch allerdings völlig willkürlich verteilt. Ein Reh, beschossen auf 100 Meter, würde im besseren Fall dem Territorium mit einem Schrecken, im schlechteren mit einem zerschossenen Bein entkommen.

Aufgrund der doch recht nüchternen Analyse griff Pfäffli mehrmals wöchentlich zu seiner Flinte und machte Zielübungen. Ob er sich dabei der wahren Beweggründe bewusst war, sei dahingestellt. Möglicherweise wurde sein Ehrgeiz durch den Heimiseggler angestachelt, welcher sich an Schützenfesten regelmässig in die Kranzränge hinauf schoss. Trotz seines Jahrgangs und trotz seines veralteten Karabiners aus dem Jahre 1931. Vielleicht hatte sich Pfäffli diesen inneren Imperativ sogar selber hineingepredigt. Denn es wäre ja sehr merkwürdig gewesen, wenn er sich in dieser, früher als geistlos, anspruchslos und banal beurteilten Tätigkeit als derartiger Stümper erweisen würde. Auch seine Gefühle für Monika werden da ihre Bedeutung gehabt haben.

Die Zielübungen erfolgten durch das geöffnete Bürofenster hinaus, sitzend auf einem Stuhl. Als Unterlage für das Gewehr verwendete er ein auf den Sims gelegtes Kissen. Als Zielpunkt wählte er den Schnittpunkt des Kreuzes auf dem Kirchturm. Die Grundlagen über Waffenhandhabung und Zieltechnik lernte er im Internet.

Wer etwas Neues tut, lernt etwas Neues kennen. Was Pfäffli betraf, hauptsächlich neue Einsichten. Anfänglich war sein Training nicht von Erfolg gekrönt. Im Gegenteil. Je mehr er sich anstrengte, desto mehr zickte das Korn umher. Es schien ein rebellisches Eigenleben zu haben, nicht gewillt, sich seinen Absichten zu beugen. Pfäffli erinnerte sich an einen Spruch seines Grossvaters, den der Heimiseggler einmal zitiert hatte: «In die Ruhe muss der Pfeffer, aus der Ruhe kommt der Treffer!» Er verstand: Das Korn vorne auf dem Gewehrlauf zeigte nicht nur die Richtung nach vorne, sondern auch die nach innen. Die Unruhe war seine eigene. Der Gedanke begeisterte Pfäffli und er spann ihn weiter: «Es gibt wenig Gelegenheiten, bei denen so viel Lärm mit so tiefer innerer Ruhe einhergeht wie beim Schiessen. Nirgendwo sonst hat der innere Zustand so unmittelbare und sofortige Wirkung auf Erfolg oder Misserfolg.» Diese Erkenntnis hatte für Pfäffli fast religiösen Charakter: ruhig sein trotz Hektik, Stress und Lärm. Mit solchen Überlegungen bekamen die Zielübungen eine ganz neue Dimension. Sie wurden gleichsam zu spirituellen Übungen, denen er sich von da an mit heiliger Andacht widmete. Wenn er Stellung bezog, achtete er auf eine anatomisch ausgewogene Haltung. Mit etwas gespreizten Beinen positionierte er die Füsse ganzflächig am Boden, so als wären sie damit verwachsen. Genau so wie die Ellenbogen, welche er links auf dem Fenstersims abstützte und rechts auf seinem Oberschenkel. Er horchte auf seinen Atem, lernte innerlich loszulassen, sich auf ein Ziel zu fokussieren, ohne sich darauf zu verbeissen. Beim Abziehen zog er die Hand so zusammen, als drückte er eine Zitrone aus. Langsam, gleichmässig, aber konkret.

Das Schiesstraining erwies sich ausserdem sogar für seine berufliche Tätigkeit als nützlich. Verlor er sich bei der Predigtvorbereitung in gedanklichen Sackgassen, griff er zum Gewehr. Er stellte fest, dass durch die innere Neuausrichtung seine Gedanken mehr als einmal wieder ins Fliessen kamen.

Monika erholte sich gut und wurde aus dem Spital entlassen. Die durch die Gehirnerschütterung entschwundenen Erinnerungen waren grösstenteils wieder zurückgekehrt. Die einzige, bei Pfäffli dumpfes Bangen heraufbeschwörende Gedächtnislücke bezog sich auf den Unfallhergang. Sie hatte nicht die leiseste Ahnung, was an jenem Abend vorgefallen war. Wenn Pfäffli daran dachte, zog Eifersucht sein Herz zusammen, so als hätte ihm jemand eine Giftspritze verpasst.

Mit Gügi konnte er darüber nicht reden. Der hatte sich für unbestimmte Zeit ins Ausland abgesetzt. Und mit Silvia Bürki mochte er nicht reden.

Wie nach stiller Übereinkunft sprach Pfäffli mit Hans Frei nicht über die Erlebnisse jener Geisternacht. Monika allerdings, die hatte er eingeweiht. An jenem Tag nämlich, als er am Ort des Geschehens sein Handy geholt und vorher kurz bei Monika vorbeigeschaut hatte. Sie hatte sich daraufhin spontan entschieden, Pfäffli zu begleiten. Welch herrlicher Tag, an dem er mit Monika, wie in einem Traum, durch die sommerlichen Gefilde wandelte. Seine Augen schweiften über die weiten, goldenen Ährenmeere, welche reif im Winde wogten. Sie erhoben sich empor zu den Wolken, welche wie Schiffe dahinsegelten und ihm zuflüsterten, einzusteigen und davonzuschweben. Bei einem Waldrand machten sie Pause. Pfäffli lag auf dem Rücken im Grase, einen Grashalm kauend und mit geschlossenen Augen. Aus der Ferne hörte er die blecherne Musik von Kuhglocken. Ungestört und friedlich. Monika lag neben ihm. Er hätte nur die Hand ausstrecken müssen, um sie zu berühren. Vielleicht hätte er es getan, vielleicht hätte er geredet. Aber es ging nicht. Sein Herz hämmerte mit raschem Takt an seine Rippen. Ganz benommen fühlte er sich. Die Düfte schmeichelten seiner Nase. Heu, Tannenharz, Nadelholz, Blumen und sie, die schönste aller Frauen, deren Duft alles übertraf, was Pfäffli jemals gerochen hatte. Er öffnete seine Nasenlöcher fast wie ein Pferd und berauschte sich in vollen Zügen an diesen in der Luft schwebenden Herrlichkeiten. Er spürte es ganz deutlich: Der erste Kuss war nicht mehr fern.

«Da war die Angst ausnahmsweise mal ein guter Ratgeber», sagte sie plötzlich.

«Was meinst du?» «Du sagst doch immer, die Angst sei ein schlechter Ratgeber. Aber hättest du wegen des Geistes nicht fast in die Hosen gemacht, hättest du uns nicht gefunden und ich wäre vielleicht im Auto gestorben. Ich hätte am Erbrochenen ersticken können.» Nachdenkliche Blicke folgten dem stillen Kurs einer weissen Wolkengruppe. «War da was mit Gügi?» Pfäfflis Herz stand fast still bei der Frage. «Nein.» Monikas Antwort war so rein wie die Wolken über ihnen. Pfäfflis Herz wollte zerspringen vor Erleichterung und startete wieder durch. «Allerdings», fuhr Monika fort, «ich habe absolut keinen Schimmer, was an diesem Abend vorgefallen ist... aber, danke, mein Held!» – Damit küsste sie ihn schnell auf die Wange, begann zu lachen und stand auf.

Nach diesen Geschehnissen wurde für Pfäffli jeder weitere Hochsommertag geheimnisreicher und schöner. Jedes Ereignis wurde ihm zum Gleichnis, und jedes Gleichnis war ein offenes Tor, durch welches er in die Welt der Wunder eintreten konnte. Dorthin, wo Sehen zum Ahnen und Ahnen zum Sehen wird. In eine Welt, wo sich Ausdehnung von Zeit und Raum auflöste. Wenn irgendwie möglich, wollte er etwas von diesem Wunderbaren aufbewahren. Für ihn selber, vielleicht für spätere Zeiten, oder für seine Grosskinder. Pfäffli kaufte sich ein in Wildleder eingefasstes Notizbuch und begann, seine Gedanken niederzuschreiben. Die Sprache, der es bedurfte, konnte keine scharf umrissene, nüchterne sein. Vielmehr suchte er nach poetischen Formen, welche den sich öffnenden Geist nicht in die Enge trieben.

Es gab aber auch Erlebnisse, mehr sachlicher Natur, welche Pfäffli in der für ihn gewohnten Kurzform notierte. Um dem weiteren Verlauf besser folgen zu können, ist es von Nutzen, einigen von Pfäfflis Tagebucheinträgen unsere Aufmerksamkeit zu schenken.

***1. August***
*Nationalfeiertag. Überall Knallkörper. Sehr laut. Ein guter Moment, im Obstgarten hinter dem Pfarrhaus unbemerkt einige Patronen abzufeuern. Die rechte Schulter schmerzt ein wenig vom Rückstoss.*

***3. August***
*Halte mich vermehrt in der Natur auf. Habe heute im Wald an einem Baum die morschen Holzreste eines Nistkastens entdeckt. Vermutlich noch von meinem Grossvater aufgehängt. Es gehörte zu seinem Hobby, stundenlang im Wald Vögel zu beobachten … offenbar nur die halbe Wahrheit … fühlte mich an diesem Ort irgendwie mit ihm verbunden.*

***7. August***
*Wer seine Herkunft verachtet, verachtet etwas seiner selbst. Merke es jetzt, wo ich so viel Ähnlichkeit mit Grossvater in mir vorfinde. Als Student gehörte es zum guten Ton, nichts Gutes über die Schweizer Geschichte zu erzählen. Wenn ich bedenke, dass ich nie gehungert habe, nie im Krieg war und mein Leben frei gestalten kann, müssen meine Vorfahren einiges ganz richtig gemacht haben.*

***9. August***
Für *Hans bedeuten restriktive Waffengesetze nicht mehr Sicherheit, da Kriminelle und Terroristen ihre Ausrüstung meistens über den Schwarzmarkt beziehen. Wenn*

*das stimmt, träfe zu, was Benjamin Franklin sagte: «Wer die Freiheit aufgibt, um Sicherheit zu gewinnen, wird am Ende beides verlieren.»*

***15. August***

*Ein Journalist der «Bundeswoche» hat sich gemeldet. Paul Scheidegger. Kopf wie ein Ei, schüttere Haare nach hinten gekämmt, raucht Brunette Doppel. Ein Typ zwischen Viehhändler und Marktfahrer, mit Manchesterhosen und Hosenträgern. Er wird das von Jonas eingefädelte Porträt über mich schreiben. Wenn der Artikel so herauskommt, wie Scheidegger aussieht, hat er die Wirkung von Valium. Stellte harmlose Fragen.*

***17. August***

*Der philosophische Zugang zur Jagd interessiert mich. Werde bei Hans nächstens das Buch von José Ortega ausleihen, «Meditationen über die Jagd».*

***20. August***

*Lese ein Buch über Schweizer Geschichte. Die Armbrust kam im 11. Jahrhundert auf. Effiziente Waffe des einfachen Mannes. Damit verschuf er sich eine Stimme gegen seine Unterdrücker. Demokratie dank der Waffe? Ist Demokratie überhaupt möglich, wenn ein Volk im Zweifelsfall wehrlos ist?*

***24. August***

*Geschichtsschreibung ist Politik. Das heutige Verständnis mancher Historiker ist keine Richtigstellung, sondern ein Perspektivenwechsel. Früher erzählte man die Geschichte aus der Sicht eines Volkes, das frei sein wollte. Heute aus der Sicht der Regierenden, die zu den Mächtigen gehören wollten. Beides hat es immer gegeben. George Orwell hatte recht: «Wer die Vergangenheit kontrolliert, kontrolliert die Zukunft. Wer die Gegenwart kontrolliert, kontrolliert die Vergangenheit.»*

***5. September***

*Was ging meinem Grossätti bei Wildern durch den Kopf? Spannende Frage. Müsste es vielleicht selber mal ausprobieren. Nur so aus Neugier.*

*Kapitel 10*

# Predigt, Pirsch und Pulverdampf

✦

Der Wecker klingelte um 4.30 Uhr. Pfarrer Pfäffli stand auf. Der Rucksack war gepackt. Stirnlampe, Messer, Schnur, Mütze, Handschuhe, Regenschutz, ein Getreideriegel und die zerlegte Flinte. Von aussen gesehen unterschied sich die Packung nicht von der eines Wanderers. Im Treppenhaus schnürte Pfäffli die Wanderschuhe, dann trat er hinaus und schloss die Türe hinter sich. Es war ein dunkler Septembermorgen, die Strasse nass vom nächtlichen Regen. Gelbe Strassenlaternen spiegelten sich darin. Auf leisen Sohlen und mit festem Schritt marschierte er zum Dorf hinaus. Erst auf der Landstrasse, dann abseits über Feldwege, bis er den Wald am Chriesberg erreichte. Dort hatte er einige Tage zuvor in einer Wiese einen Rehbock gesichtet. Er befeuchtete den Zeigefinger, streckte ihn in die Luft, um die Windrichtung zu prüfen. Dann schlich er auf einem Trampelpfad zu der grasbewachsenen Schneise, welche sich in der Grösse eines Fussballfeldes einen Hang entlang zog und von drei Seiten mit Wald umgeben war. Hier wollte er warten. Ein Baumstrunk diente als Sitz. Bei einem Holzstapel fand er ein Stück Rundholz, das ihm als Deckung und Gewehrauflage diente. Pfäffli zögerte. Alles, was bis jetzt geschah, hätte noch keinen Verdacht geweckt. Von nun an aber wäre jeglicher Erklärungsversuch schwierig geworden. Der Nervenkitzel war total. Pfäffli schraubte die Flinte zusammen und schob eine Patrone in den Lauf, Kaliber 16/70, Korngrösse 3,5. Er bezog seine Stellung und zog sich die schwarze Strickmütze über den Kopf: «Nun sehe ich vermutlich aus wie ein Scharfschütze in einem dieser amerikanischen Actionfilme», murmelte er. Das stimmte zwar nicht, aber es war ein Gedanke wert. Mit seinen unter der Mütze herunterhängenden Stirnfransen hätte er eher Modell stehen können für die Herbstkollektion eines Modekatalogs. So sass er auf seiner Position, wartete und lauschte den ersten Vögeln, die zu zwitschern begannen. Er beobachtete jede Bewegung am Waldrand und seine Augen schweiften über die Fläche, jeden Grashalm inspizierend. Das Zeitgefühl verflüchtigte sich wie der Nebel, welcher aus dem schwarzen Tannenwald in die anbrechende Dämmerung stieg. Nichts. Ab und zu meinte er im Wald vorsichtige Tritte zu hören. Noch einmal nichts. Von weitem waren nun Motorengeräusche von Autos und Traktoren zu hören. Die Leute gehen zur Arbeit, wusste er jetzt. Er stellte sich vor, wie jetzt in einer anderen Welt Krawatten geknüpft, Computer hochgefahren und Akten hervorgeholt wurden. Dinge, die er sonst auch tat, ihm aber von hier aus gesehen sonderbar und lachhaft erschienen. Er hätte nichts dagegen gehabt, den ganzen Morgen dazusitzen. Doch er musste los. Es wäre zu gefährlich, noch länger hierzubleiben. Leicht könnte er vom nahegelegenen Wanderweg aus von einem Jogger entdeckt werden. Pfäffli schnallte den Rucksack um und, schon fast in kühler Selbstverständlichkeit, griff er nach der Flinte. Die Patrone blieb drin. Er beabsichtigte, soweit als möglich auf Waldpfaden nach Hause zu gelangen. Das bedeutete allerdings, einen grossen Umweg mit rutschigen Steilhängen und Gräben auf sich zu nehmen. Es war ihm recht so. Er übte sich darin, geräuschlos und unsichtbar wie ein Geist durch das Unterholz zu schleichen. Zuverlässig wiesen ihn die Augen auf Ästchen, glitschige Steine und andere mögliche Verräter hin. Sein Kopf arbeitete auf Hochtouren, den Bewegungen immer eine Nasenlänge voraus und das Gelände analysierend. Erinnerungen wurden wach. Meist aus Kindertagen, als er manchmal durch die Wälder geschlichen war. Sprang er über einen Bach, standen ihm die gespeicherten Erfahrungen zurate, auf welchen Stein er treten dürfe oder welcher wackelnd oder schmierig zur Stolperfalle werden könnte. Strich er durch das junge Buchengestrüpp, spürte er instinktiv, wann er sich zu ducken hatte oder wann er sich, durch eine Drehung in Seitenlage bringend, elegant durch das Gestrüpp kam. Seltsam, welche Fähigkeiten in ihm schlummerten und nun zum Leben erweckt wurden. Er achtete auf Spuren, ob sie frisch oder alt waren. Sein Weg führte an bewohnten und unbewohnten Fuchsbauten vorbei. Dann plötzlich – ein Knacken im Unterholz! Ein Reh! Beide waren überrascht von der Begegnung. Das Tier trippelte einige Schritte zurück ins Gebüsch. Pfäffli blieb stehen. Weit konnte es nicht sein, die Flucht hätte er hören müssen. Er machte zwei Schritte nach vorne und stellte sich hinter eine Tanne. In einer Entfernung von etwa 30 Metern sah er etwas Braunes. Erst war nicht auszumachen, ob es dürres Laub oder das Reh war. Durch eine kleine Bewegung mit den Lauschern verriet es sich. Der Pfarrer legte an. Kein Zweifel, das Reh stand ihm gegenüber. Sein Gesicht grimassierte ein wenig. Sollte er abdrücken? Nein. Es war zu heikel, aufs Geratewohl in diesen Busch hineinzupfeffern. Im nächsten Augenblick drehte sich das Reh um und verschwand im Dickicht. Pfäffli ärgerte sich, weil das Tier aufmerksamer war als er selber. Ansonsten wäre die Sache anders ausgegangen. Doch soweit war sein Instinkt nicht entwickelt. Oder, noch nicht? Auf allen vieren stieg er vorsichtig ein steiles Tobel hinunter, überquerte unten den Bach und kletterte auf der anderen Seite wieder hinauf. Die Jagd konnte weitergehen. Selten hatte er sich so lebendig gefühlt wie gerade jetzt. Was für eine Energie in seinen Adern pulsierte! Wundersame Gedanken entfalteten sich in seinem Kopf. Er spürte die Freundschaft des Waldes, der ganz allein für ihn da zu sein schien und ihn wie ein weiser Lehrer zu neuen Entdeckungen führte. In seiner Brust jubelte der Bub, der er einst war, voller Glück über diesen unerwarteten Ausflug in die Freiheit. Er beobachtete seine eigenen Gedanken wie ein entfernter Zuschauer. Gedanken eines Wilderers waren es. Eines Schlychjägers, wie der Heimiseggler sagen würde. Noch ein halbes Jahr zuvor hatte er Waffenbesitzer als dümmliche Möchtegernhelden betrachtet und Jäger als schiesswütige Killer. Jetzt befand er sich selber auf der Pirsch. Er ertappte sich bei dem Gedanken: Wildern ist die Meisterklasse der Jagd. Instinkt, List und Geduld ist, was zählt! Die Gedanken flogen ihm zu wie die Bienen einer Blumenwiese. So ging es die Steilhänge auf und ab, und wieder hinauf zu einer Lichtung. Bei dieser kleinen Wiese wollte er einen Moment verschnaufen. Und da – wieder, zwei Rehe trotteten in Schussweite in den Wald hinein. Idiot!, dachte er. Wieder war ich unaufmerksam. Als der Pfarrer zu Hause ankam, schlug die Glocke am Turm zehn Uhr. Fünf schnelle Stunden hatte sein Abstecher auf die andere Seite des Gesetzes gedauert. Zu kurz, um wahr zu sein. Vielleicht würde er es zu einem späteren Zeitpunkt noch einmal versuchen.

Alles war auf bestem Wege, sich so zu erfüllen, wie Max Pfäffli es einst auf seiner Wanderung in einem Liebesliedchen vorweggenommen hatte. Damals hatte er es als einfältigen Seelenplunder verworfen. Für ihn mochten an solchen Zeilen pickelbespickte Teenager und schmachtende Gügi-Groupies Genüge finden. Das hatte sich unterdessen geändert. Es bedurfte nicht mehr der ganz grossen, lyrischen Würfe, um ihn in einen Zustand des Entzückens zu versetzen. Pfäffli überliess sich seinen Gefühlen, ohne sich hinter fachkundigen Urteilen von Literaturexperten zu verstecken. Ungeschützt und mit dem Risiko, sich auch mal von Kitsch begeistern zu lassen. Und, seinen nüchternen Einschätzungen zufolge, würde er mit seinen eigenen poetischen Tagebucheinträgen vermutlich auch nicht gerade für den Literaturnobelpreis vorgeschlagen. Dieses Minimum an Selbstreflektion hatte seinen emotionalen Ausnahmezustand überlebt.

Aber jetzt hatte er zu tun. Briefkasten leeren, Kaffee trinken und danach die kommende Sonntagspredigt vorbereiten. Beflügelt von der morgendlichen Exkursion ging er seine Post durch. Routiniert wie ein Kartenspieler blätterte er den Stapel durch und verschaffte sich Überblick. Einiges flog ungeöffnet ins Altpapier, anderes legte er zu der Pendenz auf seinem Schreibtisch. Ein handschriftlich adressierter Brief weckte seine Neugier. Während der Kaffee in die Tasse tröpfelte, öffnete Pfäffli den Umschlag, setzte sich an den Küchentisch und begann zu lesen:

*Herr Pfarrer, falls es Sie interessiert, was in jener Unfallnacht wirklich passiert ist, suchen Sie den Grund nicht im Wirtshaus und nicht im Schützenhaus, sondern im Pfarrhaus. Oder wie sonst war es möglich, dass Ihr feiner Freund Brauer so viel Persönliches über Gügi wusste, als er seine erlogenen Anschwärzungen und Beleidigungen in die Welt hinausposaunte? Das hat Gügi tief getroffen. Ein anderer hätte den Strick genommen, er hat halt gesoffen.*

*Tannenbad, Kuttelbad, Krummholzbad, Bären – das ganze Programm. Mag sein, dass Alkohol kein guter Seelsorger ist. Aber es war kein besserer zugegen. Monika wollte ihn beruhigen und von seiner Sumpftour abhalten. In Sumiswald stieg sie in sein Auto und verlangte nach dem Autoschlüssel. Gügi startete den Motor und gab Gas. Den Rest kennen Sie ja.*

*Mit nicht hochachtungsvollen Grüssen*
*Silvia Bürki*

Pfäffli erschlaffte. Wie ein geschlagener Hund schlich er in die Stube und warf sich auf das Sofa. Die Stirnfransen hingen ihm wie Spaghetti über die Augen.

Hatte er das wirklich verdient? Hatte er nicht für das Gute gekämpft? Freilich, am Anfang handelte er aus einem Gefühl des Beleidigtseins heraus. Auch sein Hang zur Besserwisserei mochte eine Rolle gespielt haben. Aber wer wäre so vollkommen, um den ersten Stein zu werfen? Brauer vielleicht? Für ihn war der Artikel über Gügi ein Egoschub der höchsten Hubraumklasse, hinein in die erste Liga der nationalen Medienhäuser.

Es war Pfäffli, als wäre in seinem Innern eine Bombe gezündet worden. Eine Bombe, deren explosive Ladung er selber gemischt hatte. Regungslos und bleich lag er auf dem Sofa, nach innen gewandt und die dortigen Vorgänge beobachtend. Es rumorte, donnerte und krachte, höhnte, dröhnte, jammerte und schrie. Ein einziges Höllenspektakel. Gedankensplitter und Gefühlsfragmente flogen umher, schlugen an seine Schädeldecke, streiften Herz und Nieren. Es bedurfte einer ganzen Weile, bis sich der aufgewühlte Staub etwas legte und Pfäffli in den Trümmern nach Überlebenden suchen konnte. Das erste Lebendige, das er fand, war seine Liebe zu Monika. Wie nie zuvor war ihm klar, dass er sie wirklich liebte. Sogar die soeben erlebte Erschütterung hatte mit dieser Liebe zu tun. Ohne diese wäre Silvias Brief vermutlich an irgendwelchen Vernünfteleien in seinem Kopf abgeprallt. Aber jetzt trafen ihn die Worte wie brennende Pfeile ins Herz. Doch, gerade diese Liebe war nun im höchsten Grade gefährdet. Es war nicht anzunehmen, dass Monikas Gefühle für ihn dieselben blieben, wenn sie die wahren Hintergründe des Unfalles erfahren würde. Denn eines musste sich Pfäffli eingestehen: Wegen der von ihm herbeigeführten Hetzkampagne wäre sie beinahe umgekommen.

Pfäffli schrieb Monika einen Brief und eröffnete ihr darin ausführlich die wahren Hintergründe der ganzen Geschichte. Er musste es tun, auch wenn es das Ende des aufkeimenden Glückes bedeutete.

In der Tat, nach diesen Neuigkeiten zog sich Monika zurück und meldete sich nicht mehr.

Wie oft Pfäffli danach noch auf Pirsch ging, wissen wir nicht. Auch er nicht. Es waren einige Male. Eine nennenswerte Verletzungsgefahr für die Tiere hatte dabei kaum bestanden. Pfäffli war zu ungeduldig, zu unvorsichtig und zu unaufmerksam. Die Tiere waren ihm in allem voraus. Ein Rehbock schien sogar mit ihm zu spielen. Er zeigte sich bald hier, bald dort. Doch just bevor sich Pfäffli nah genug an ihn herangepirscht hatte, sprang er leichtfüssig wie auf Federn davon.

Mit jedem weiteren Streifzug kam Pfäffli mit jener Welt in Berührung, die in ihn bereits bei seiner ersten Pirsch mit wundersamen Ahnungen lockte, ihm aber je länger je mehr den Zugang zu verwehren schien. Als ihn einige Tage zuvor jener Bock an der Nase herumgeführt hatte, geschah Seltsames: In Pfäffli loderte eine nie gekannte Jagdleidenschaft auf. Es war, als ob jemand in glimmende Glut hineingeblasen hätte. Der Bock sollte ihm gehören! Er fasste den Entschluss, seine jagdlichen Experimente erst zu beenden, wenn er ihn erlegt hätte.

Der Eifer bewirkte das Gegenteil. Wenn ihm vorher wenigstens noch Tiere zu Gesicht gekommen waren, so war jetzt nicht mal mehr das der Fall. Sie schienen alle das Territorium verlassen zu haben. Der Wald war wie ausgestorben. Einmal mehr fand Pfäffli die Ursache für das Phänomen in sich selber. Die Welt der Waldbewohner funktionierte nach anderen Gesetzen als die seine. In Pfäfflis Leben war Zeit Mangelware. Zeit wurde gemacht, freigeschaufelt und eingeteilt. Dabei lief sie ihm ständig davon, so wie der Rehbock vor einigen Tagen. Die Waldtiere dagegen verliessen ihre Verstecke nicht, wenn sie Zeit hatten, sondern wenn es Zeit war. Und sobald sie etwas Verdächtiges gewahrten, einen Geruch, eine Bewegung oder ein Geräusch, blieben sie unsichtbar und warteten. Ihre Sinne waren wach. Ihre Aufmerksamkeit stets der Gegenwart zugewandt.

Wenn Pfäffli diesem Rehbock auch nur annähernd gefährlich werden wollte, so musste der Wald selber sein Lehrmeister werden. Von seiner Ruhe musste er lernen, seinen Gesetzen sich unterordnen. Andersrum ging es nicht.

Es war einer dieser gepriesenen Oktobertage, warm und leicht, festlich und herb zugleich. Die Weiden waren noch grün, die Waldränder leuchteten schon golden. Ein Mäusebussard zog seine Kreise im dunklen Blau des Himmels.

Das Geläut der Kirchenglocken schwebte durch die dünnen Lüfte, die Feierstimmung erhöhend. Wie erwartet füllte sich die Kirche an diesem Sonntag bis fast auf den letzten Platz. Zwei Taufen waren angemeldet. Ausserdem besuchten einige Teilnehmer der Klassenzusammenkunft der Jahrgänge 1950–1954 den Gottesdienst.

Pfäffli war vorbereitet. Die seltene Gelegenheit, vor vollem Haus zu predigen, wollte genutzt sein. Man sah, wie Köpfe sich nach links und rechts drehten, begierig zu erfahren, wer alles da war. Nebeneinandersitzende Frauen tuschelten. Von dem seltsamen Kauz in der hintersten Reihe wurde selbstverständlich sofort Notiz genommen. Es war Paul Scheidegger, der Journalist. Mit dem Verstummen der Glocken breitete sich Andacht aus. Ein junges Ding betrat die Kirche im allerletzten Moment und huschte auf einen freien Platz im hinteren Bereich. So wie ein Kätzchen, das zur Milchschüssel schleicht. Pfäffli waltete seines Amtes, sang, sprach und taufte. Ein stämmiger, urkräftiger Mann senkte bereits sein Haupt zur stillen Einkehr. Der Bodenmattbauer. Seine Frau stiess ihn in die Seite, worauf er mit einem grunzenden Laut aufschreckte.

Pfäffli setzte an zu der Predigt, an welcher er mehrere Tage gearbeitet hatte und welche in neuem Stile vorgetragen werden sollte. Er wollte nicht zeigen, was er alles wusste, sondern das, was seine Hörer wussten. Vielleicht unbewusst, vielleicht vergessen oder verdrängt. Dazu bedurfte es nicht der sakralen Gelehrtensprache, sondern der Bilder des Alltags, welche in den Seelen der Menschen lebendig waren. Er wollte nicht Gewöhnliches in ungewohnter Sprache sagen, sondern Ungewöhnliches in gewohnter Sprache.

Zugegebenermassen war das gewählte Thema nicht von allzu populärem Charakter. Es ging um die Sünde. Pfäffli war sich offenbar seiner Sache selber nicht mehr sicher, denn er sprach das Wort bei der ersten Erwähnung nur in halblautem, schwankendem Tone aus. Diese schlüpfrigen Silben, mit dem dünnen Vokal und dem singenden Konsonanten in der Mitte, erzeugte selbst bei ihm ein leichtes Gefühl von Seekrankheit. Der Bodenmattbauer schüttelte das eine Ohr mit dem Zeigefinger, um es hellhöriger zu machen und um auf das Laufende zu kommen. Es gelang ihm nicht sofort, da er den Anfang verschlafen hatte. Das Kätzchen in den hinteren Reihen bekam einen roten Kopf. Scheidegger notierte etwas in ein schwarzes Buch, um sich dann wieder dem Redefluss hinzugeben.

«Ein Jäger begab sich auf die Jagd», fuhr Pfäffli fort. «Beim Waldrand, unterhalb von einer steilen Grasschneise, richtete er seine Stellung ein. Die kleine Wiese war von drei Seiten mit Wald umgeben und somit ein idealer Äsungsplatz für Rehe. Oberhalb des Steilhangs flachte das Feld ab und verlief in grossflächiges Weideland mit Obstbäumen. Der Jäger wartete also unterhalb des Steilhangs. Er sass auf einem dreibeinigen Klappstuhl. Das Gelände bot eine optimale Auflage für das Gewehr, ein Tannenast die perfekte Tarnung. Zwei volle Stunden wartete er, ohne dass etwas geschah. Das machte ihm nichts aus. Er wartete gerne. Baden in der Stille, nannte er es. Die Stille wirkte für ihn so entspannend und belebend wie ein Kräuterbad nach einer strengen Arbeitswoche im Heuet. Sie war für ihn das Tor, von der Betriebsamkeit des Alltags in die Verbundenheit mit der Natur zu gelangen. Dann dunkelte es ein. Während es über den Feldern kühl wurde, kam der Vollmond hinter schwarzen Tannspitzen herauf. Das Gras schimmerte in Mondlicht blausilbern. Dann plötzlich, ein Rehbock. Mit lautlosem Ruck sprang er aus dem Wald ins offene Feld hinaus. Das weisse Licht floss sanft über sein Fell und spiegelte sich in seinen Augen. Es herrschte fast heilige Stille. Das einzig Hörbare waren die Fressgeräusche, das Rupfen des Bocks im Gras. Manchmal auch das Spiel eines Lüftchens im Buchenlaub. Ab und zu tat der Bock wieder ein paar Schritte. Oberhalb der Wiese blieb er stehen. Ein majestätisches Bild. Im Mondschein betrachtet noch eindrucksvoller als bei Tag. Die Silhouette des Geweihs war klar umrissen. Einmal erhob das Tier sein Haupt so gen Himmel, dass es aus der Perspektive des Jägers aussah, als ob er am Mond herumschnuppern würde. Das ganze Schauspiel dauerte mehr als eine halbe Stunde. Während der ganzen Zeit war die Flinte auf den Bock gerichtet. Mit einer kleinen Fingerbewegung wäre er tot in sich zusammengebrochen. Der Jäger liess es bleiben. Irgendetwas sagte ihm, dass es nicht die Zeit dazu war. Er hatte es deutlich gehört, schliesslich hatte er lange genug in der Stille gebadet.»

In der Kirche hätte man eine Stecknadel fallen hören. Ein alter Mann hielt sich die hohle Hand an die Ohrmuscheln. Der Bodenmattbauer war hellwach und das Kätzchen atmete dankbar auf, weil das Leben des Bockes verschont wurde. Scheidegger machte Notizen. Hans Freis Lippen zuckten schelmisch, so wie es Pfäffli schon einmal bei ihm beobachtet hatte.

Nun galt es, den Sack zuzubinden: «Das Wort Sünde ist kein moralischer Begriff. Die exakte Übersetzung des biblischen Begriffes bedeutet Zielverfehlung. Das Bild des Schützen passt also ganz gut. Entweder er trifft, oder er trifft nicht. Aber anders als am Schiessstand ist im richtigen Leben das Ziel nicht immer so offensichtlich. Die wirklich wichtigen Ziele sind oft nicht beim ersten Hinsehen ersichtlich. Hatte der Jäger das Ziel verfehlt, nur weil er ohne Beute heimkehrte? Nein! Er hatte ins Schwarze getroffen. Die Erfahrung dieser Nacht bedeutete mehr als der Rehbock selber. So kann es auch geschehen, dass der Moralist bei einem Weltrettungsversuch manchmal komplett am Ziel vorbeischiesst, während irgendein Halouderi auf Umwegen ganz zügig dem Ziele näherkommt.

Ich würde meinen, wenn wir wahrhaftes Vertrauen in Gott gefunden haben, ist das wichtigste Ziel erreicht. Amen.»

*Kapitel 11*

# Der Kaltenegger

✦

«U we du ke Gstabi bisch, gisch ere jetz es Müntschi!» Pfäffli schlug das Buch zu. Im Gotthelf-Roman galt dieser Wink mit dem Zaunpfahl dem Knecht Ueli, welcher sich im Umgang mit seinen Gefühlen für Vreneli so unbeholfen zeigte wie etwa ein Scheitstock, auf den ein Huhn geschissen hatte. Es war Pfäffli, als würde die Glungge-Büüri zu ihm selber sprechen. Hals über Kopf liess er alles stehen und liegen, rannte zu seinem Auto und liess den Motor aufheulen, als ginge es um den Grossen Preis von Monaco. In rekordverdächtiger, persönlicher Bestzeit erreichte er Sumiswald und stand mit einem Strauss Rosen vor Monikas Türe. Als sie öffnete und ihn mit diesem Lächeln empfing, welches so lustige Grübchen in ihre Wangen schnitt, vergass Pfäffli alles, was er zu sagen hatte. Heisse Tränen rollten ihm über die Wangen. Wie ein Magnet zog es ihn zu ihr, die ihn mit einer währschaften Umarmung in Empfang nahm. «Es tut mir leid», schluchzte er wie ein armer Schlufi. Mehr brachte er nicht über seine Lippen. «I ha di gärn!», sagte sie sanft und kniff ihm in den Hintern. «Auch wenn du dich wie ein riesengrosses Arschloch benommen hast.» Monikas Worte rieselten Pfäffli wunderbar durchs Herz. Selbst der derbe Kraftausdruck löste inniges Wohlbehagen aus. Pfäfflis Gesicht lag auf ihren Schultern, verschlungen in der Umarmung. Seine Lippen rundeten sich zu kleinen Küsschen, mit welchen er ihren Nacken zu übersäen begann. Ihre kräftigen Arme lockerten sich ein wenig. Pfäffli löste seinen Mund von ihrer tränenbefeuchteten Nackenhaut und schaute ihr ins Gesicht. Sie hielt stille, streichelte sein Haar, liess ihn langsam zu sich kommen, bis sich ihre Lippen berührten.

Mit dem Anbruch des neuen Monats änderte sich die Wetterlage. Trübe, nasse und neblige Novembertage hielten Einzug. Paul Scheidegger klingelte an Pfäfflis Türe. Sein Artikel war immer noch nicht fertig. Es dünkte Pfäffli, dieser Scheidegger sei seiner Aufgabe gar nicht recht gewachsen. Es konnte doch nicht eine derartige Hexerei sein, ein Porträt über einen Landpfarrer zu schreiben. Am liebsten hätte er den unliebsamen Besucher an der Türe abgefertigt. Es ging nicht. Scheidegger wollte noch ein paar Sachen in Erfahrung bringen. Ihm fehle für das Porträt noch das gewisse Etwas, der nötige Pfeffer. «Gut», sagte Pfäffli mit bittersüssem Gesicht. «Aber ich habe nicht viel Zeit.» «Das macht nichts, es dauert nicht lang», nuschelte Scheidegger. Pfäffli führte den Journalisten in sein Büro, wo sich dieser in den Sessel neben dem Büchergestell mehlsackartig hineinfallen liess. Pfäffli pflanzte seine rechte Gesässhälfte auf die Platte des Bürotisches. Das linke Bein am Boden abstützend, das rechte in der Luft hin- und herschwingend.

«Es gibt da ein paar Ungereimtheiten, die nicht so recht in das Berufsbild eines Pfarrers passen wollen.» Scheidegger sprach in sachlichem Tone, deutlicher als vorhin bei der Begrüssung.

«Letzte Woche soll hier in der Gegend ein Rehbock geschossen worden sein. Die Leute nannten ihn Kaltenegger. Der Name bezieht sich auf sein Revier, oben in der Chaltenegg. Ich nehme an, Sie haben davon gehört. Das halbe Dorf redet ja davon. Es handelte sich bei diesem Bock um so etwas wie eine Legende, der selbst den erfahrensten Jägern entwischte und praktisch als unerlegbar galt. Nun ist er tot. Ich möchte ihnen nicht zu nahetreten, aber was führte Sie eigentlich in der Nacht von Gügis Unfall zu so unchristlicher Stunde an diesen gottverlassenen Ort?» Pfäffli lachte, sein Bein bewegte sich ein bisschen schneller: «Ja, das ist eine verrückte Geschichte. Ich habe mich bei einer Wanderung verlaufen, als ich für ein Jugendlager rekognoszierte.» Scheidegger war befriedigt von der Antwort, wollte aber noch etwas anderes wissen: «Ich war sehr angetan von Ihrer Predigt vorigen Sonntag! Zu dieser rhetorischen Meisterleistung kann man nur gratulieren! Ihre Schilderung der Jagd war so brillant, dass man fast glaubte, Sie sprächen aus eigener Erfahrung. Wie kommt das?» Pfäffli warf seine Stirnfransen nach links: «Internet, Bücher, Gespräche mit Freunden und vor allem etwas Fantasie.» «Hmm… und was ist mit dieser Waffe hier? Ich darf doch davon ausgehen, dass die Legalität gewährleistet ist.» Scheidegger machte eine Aufwärtsbewegung mit dem Kopf und wies mit seiner Nasenspitze kurz zu der in der Ecke stehenden Flinte, während er etwas in sein Notizbuch kritzelte. Pfäfflis Bein wippte nicht mehr. Er setzte sich auf den Bürostuhl: «Das ist eine komplizierte Geschichte…», fing er zögernd an. Scheidegger schien gar keine Antwort zu erwarten, sondern kam sofort zu einer nächsten Frage: «Da ist noch etwas. Bei der Recherche für einen anderen Artikel habe ich das Elektrizitätswerk besucht und mir die Möglichkeiten der Smartmeter zeigen lassen. Es ist fast beängstigend, was diese Apparate über die Lebensgewohnheiten der Menschen verraten. Alles abgespeichert und jederzeit abrufbar. Zum Beispiel war letzten Mittwoch die Kellerbeleuchtung dieses Hauses bis 1.15 Uhr an. Der PC war zwischen 22.50 Uhr bis zur genannten Zeit im Sparmodus. In der fraglichen Zeitspanne wurde zweimal kurz im Internet gesurft. Suchten Sie eventuell nach einer Anleitung für eine Ihnen nicht geläufige Tätigkeit? Ab 1.15 Uhr erhöhte sich Stromverbrauch der Kühltruhe. Das könnte man mit einer grösseren Menge eingelegtem, noch warmem Gefriergut erklären. Zum Beispiel mit Fleisch …» Pfäfflis Herz hörte fast auf zu schlagen. Sein Atem stockte.

«Ich glaube, wir haben das gewisse Etwas für unseren Artikel gefunden», meinte Scheidegger trocken und schaute Pfäffli mit einem Blick an, der einen Baum gefällt hätte: «Wenn mich nicht alles täuscht, haben wir es hier mit illegalem Waffenbesitz und Wilderei zu tun.» Scheidegger täuschte sich nicht. Er hatte Max Pfäffli soeben der Wilderei überführt, wobei ein Rehbock erbeutet wurde. Der Kaltenegger.

Das war ein Skandal! Ein Pfarrer, der wildert. Darauf stand Freiheitsentzug. Knast! Als Pfarrer war er erledigt. Pfäffli las mit seinen inneren Augen bereits die Schlagzeile des «Blick», vielleicht von Brauer verfasst. Er hörte den Tratsch der Leute, den Triumph seiner Feinde, die Fassungslosigkeit seiner Befürworter. Und Monika? Beim Gedanken zerriss es ihm fast sein Herz. Schweissperlen glänzten auf seiner Stirn.

Scheidegger stand auf und schaute sich im Büro um. Er nahm die Flinte in seine Hände und begutachtete sie: «Schöne Waffe.» Er stellte sie zurück und trat zum Bürotisch. Sein Blick blieb an einem darauf liegenden Formular hängen: «Sie erlauben?» Scheidegger nahm das Formular zur Hand und überflog es. Es war Pfäfflis Anmeldung zur Jagdprüfung.

Pfäffli redete gefasst, obwohl ihm die Worte fast im Hals stecken blieben: «Haben Sie noch etwas Zeit?» Scheidegger bejahte und liess sich wieder in den Sessel fallen.

Dann begann Pfäffli zu erzählen, seine ganze Geschichte. Alles, so wie es sich zugetragen hatte, offen und ehrlich, schonungslos mit sich selber. Mehrmals schlugen während der Erzählung die dumpfen Stundenglocken der Kirche, mehrmals verliess Scheidegger das Büro, um draussen eine Brunette zu rauchen.

«Was werden Sie jetzt tun?», fragte Pfäffli, nachdem er endlich zu einem Ende gefunden hatte. «Das, was ein Journalist tun muss», antwortete Scheidegger. «Die Wahrheit erzählen.» Damit verabschiedete er sich.

*Kapitel 12*

# Zwischen Bauernschlauheit und Universität

Ein Todesurteil ist schlimm. Schlimmer ist, wenn man nicht weiss, wann es vollstreckt wird. Pfäffli wusste es nicht. Alles, wofür er stand, war dem Tod geweiht. Und alles, wofür er lebte, zählte in diesem Fall nicht mehr: Monika und die Kirchgemeinde, welche ihm in den letzten Wochen richtig ans Herz gewachsen war. Nur eines wusste Pfäffli: Sein letzter Gang als Pfarrer würde nicht still vonstattengehen. Der Gang zum Pranger würde öffentlich sein. Sowie die Hinrichtungen früher. Zum Beispiel, als man 1861 vor 12 000 Schaulustigen in Langnau das Ehepaar Jakob und Verena Wisler köpfte. Mildernde Umstände, wie zum Beispiel die unsägliche Armut der Eltern von vier Kindern, kamen im Mordprozess nicht zum Tragen.

Nicht lange zuvor hätte Pfäffli den Gügi mit Wonne einer sensationsgeilen Meute zum Frass vorgeworfen. Und das im Namen der Menschlichkeit und Toleranz. Das hatte sich nun geändert. Von der Anklagebank her betrachtet, sehen die Dinge manchmal ein bisschen anders aus als vom Richtstuhl aus.

Zwei Tage später war es soweit. Hans Frei eilte raschen Schrittes dem Pfarrhaus entgegen. Unter seinem Arm die neue Ausgabe der «Bundeswoche». Pfäffli schaute gefasst durchs Bürofenster. Nach dem Klingeln der Hausglocke dauerte es fast zwei Minuten, bis er die Haustüre öffnete. «Was dauert das so lange?» Hans tönte irgendwie forsch. Pfäffli führte ihn ins Büro, wo er die Zeitung auf den Tisch knallte und sagte: «Das ist ja unglaublich! Wer hätte das gedacht?» Pfäffli setzte sich und las den Artikel von Paul Scheidegger:

*Noch immer runzelt er die Stirn, wenn er davon redet. Die spektakulärste Predigt, die Max Pfäffli, 38, zustande gebracht hat, sei ein «politisches Wetterleuchten» gewesen. Damals erlebte der in Ostermundigen aufgewachsene Pfarrer in der hügeligen Abgeschiedenheit vom Emmental eine Art Kulturschock. Seinen Frust und seine Verletztheit packte er kurzerhand in einen homiletischen Sturmangriff, welcher aber nicht sonderlich gut ankam und ihm einige Schwierigkeiten bescherte. «Dabei war der Inhalt gar nicht so spektakulär», beteuert der sympathische Theologe, der sich seine Stirnfransen fast verlegen aus dem Gesicht streicht. «Ohne dass ich es merkte, verwechselte ich meine politische Meinung mit Religion.»*

*Die Karriere von Max Pfäffli ist gradlinig verlaufen. Mindestens, bis er die Stelle in Dürrenroth angetreten hat. Für den Sohn eines Industriellen waren Matur und Studium Pflichtprogramm. Für die Theologie hat er sich entschieden, weil er es für zu langweilig hielt, sich bis zu seiner Pensionierung mit Gewinnmarchen und Umsatzsteigerung zu befassen.*

*Seit gut drei Jahren waltet Pfarrer Pfäffli in Dürrenroth seines Amtes. Dabei erweist sich der Grenzgänger zwischen Universität und Bauernschlauheit als hervor-*

*ragender Erzähler, der sich virtuos der emmentalischen Bildersprache bedient. «Die treffenden Worte kommen mir beim Schiessen in den Sinn», sagt Pfäffli, der jeden Morgen übungshalber das Kreuz auf dem Kirchturm ins Visier nimmt. «So vergesse ich das Wesentliche nicht», kommentiert er mit verschmitztem Grinsen die ungewöhnliche Gepflogenheit. Pfäffli ist angekommen im Emmental. Mit dem Dorf hat er sich versöhnt. Auf dem langen Weg dazu hat er zwar auch mal einen Bock geschossen, oder glaubte Gespenster zu sehen. Aber das gehört bei einem Pfarrer irgendwie dazu.*

Pfäffli liess sich erleichtert zurück an die Stuhllehne fallen. Er schloss die Augen und atmete tief durch. Bevor Hans durch die Türe ging, nahm dieser die Flinte zur Hand und roch an der Laufmündung. Er lächelte verstohlen, stellte das Gewehr an seinen Platz und verabschiedete sich.

«Hans … Ich wollte dich schon lange mal etwas fragen. Es ist wegen Monika.» «Ja?» «Würdest du mir die Weiberbüchse vermachen?» Hans schüttelte energisch den Kopf, ballte seine Hand zu einer Faust und klopfte mit den Chnödli an den Türrahmen: «Was sturmecheibs isch jetz i di gfahre? Solches Zeug fragt man doch nicht zwischen Stühlen und Bänken und schon gar nicht wenn man auf dem Trockenen sitzt! Lass uns essen gehen.» «Du hast recht! Aber heute lade ich dich ein!»

# Anhang: Quellen und Anekdoten

***Wenn ein Imker stirbt***

(Buchauszug.) Ein uralter Brauch war zu beachten, wenn der Verstorbene Imker gewesen war. Sofort nach seinem Hinscheiden ging jemand aus der Familie zu den Bienen, um ihnen den Tod des Bienenvaters anzuzeigen. Man sah sehr streng darauf, dass dies nicht vergessen wurde, denn es hiess, die Bienenvölker würden sterben, wenn sie nicht Bescheid bekämen vom Tode dessen, der sie betreut hatte. Es ging also jemand hin, klopfte an jeden einzelnen Bienenstock und sagte dabei laut: «De Vatter isch gschtorbe.»
*Ziehlmann, Josef (1995). Wie sie heimgingen. Seite 45. Willisau: Willisauer Bote.*

***Es arigs Tannli***

(Buchauszug.) Dodüre isch vüra im hingerischte Wald e Tanzplatz, wo albe früecher di junge Lüt si go tanze.
E Bur, en ufrichtige Ma, gloge hätt' er de gar nid, het mer verzellt, ei Winter heig er erchennt, es Tannli umzmache, wo bim-ene Tanzplatz gwachse sig. Si hei d'Sage dragha un afo sage, du heig es i den Eschten afo musiziere un i allem Düresage heige si gäng Musig ghört. Gheie heig's de au nid welle u gäng heig's im Tannli gmusiziert. Ändtlige heig eine d'Schlegelachs gno u heig's dermit ab em Stock un a Bode brocht. Ersch jetze, wo-n-es am Bode gläge sig, heig es ufghört mit Musiziere.
*Sooder, Melchior (1929). Sagen aus Rohrbach. Seite 29. Huttwil: Schürch.*

***Die Wildschweinjagd***

Am Ostermontag 1948 war Hans Flükiger aus Huben am «Mischt füehre». Dabei entdeckte er beim Rotwald fünf Wildschweine. Die Nachricht ging um wie ein Lauffeuer. Von überall strömten mit Karabiner, Stutzer und Schrotflinten bewaffnete Bauern und Jäger daher. Der Wald wurde umstellt und durchsucht. Alfred Flükiger, genannt «Huebe Fredu», der Bruder von Hans, entdeckte die Schweine in einem Dickicht. Er zielte auf einen Keiler und drückte ab. Die Schrottladung traf den Keiler im Nacken, vermochte ihm aber nicht viel anzuhaben. Die Kügelchen verfingen sich im dicken Winterfell mit den feinen Woll- und den borstigen Deckhaaren. Stattdessen rannte er angreifend auf Fredu zu. Der geübte Schütze reagierte schnell und bevor er von den scharfen Eckzähnen verletzt werden konnte, brannte er ihm auf eine Distanz von ein bis zwei Metern die zweite Ladung auf den Leib. Auch diese vermochte das Tier nicht zu töten. Immerhin drehte es wieder um und rannte davon. Alles ging sehr schnell. Trotzdem entdeckte Fredu beim Keiler eine haarfreie Stelle am Hals. Dorthin musste er halten. Schnell lud er die Waffe nach, schoss ein weiteres Mal. Der Keiler suchte das Weite in Richtung Waldrand. Auf eine Distanz von etwa 25 Metern wurde er von der vierten Schrottladung ausserhalb des Waldes zur Strecke gebracht. Die anderen Säue flohen in verschiedene Richtungen. Die eine wurde in der Nähe vom Heubühl von Bauer S. mit einem Karabiner beschossen, wobei fast der Hund von Bauer K. getroffen wurde. Die Sau drehte nach Huben ab, rannte zwischen dem Ober- und Unterhaus in einen drahtgeflochtenen Hag, wo sie eine gewaltige Delle zurückliess. Dann drehte sie wieder ab, floh Richtung Dorf, wo sie von Bauer F. erlegt wurde. Eine weitere Sau wurde im

Oberhof in Wasen geschossen, zwei konnten fliehen. So chaotisch das alles klingen mag, eine gewisse Disziplin war in der wilden Jagd trotzdem erkennbar: Nach der Treibjagd im Rotwald stellten sich alle Schützen zur Entladekontrolle auf die Matte beim Rotbach. Es waren 26 an der Zahl. Eine Woche später trafen sich die Jäger zum gemeinsamen Wildschweinpfeffer im Gasthof Schweinbrunnen. Frauen waren keine eingeladen.
*Gespräche mit Alfred Flükiger, 2017.*
(Der Abschussort befindet sich beim Wegkreuz, Koordinate 624950/215080, von dort 80 bis 90 Schritte nordöstlich den Weg entlang, Anm. d. Verf.)

***Rolf Steffen und sein Kastanienbaum***
Es war in der Zeit während des Zweiten Weltkrieges. Rolf Steffen (1934), der spätere Verwalter der Ersparniskasse Dürrenroth (1957–1994), sammelte als kleiner Bub hinter dem Sparhof-Stock Kastanien. Sie dienten ihm als Futter für seine Kaninchen. Eine dieser Rosskastanien steckte er in die Hosentasche und zu Hause in einen Blumentopf, den er auf den Kachelofen stellte und regelmässig begoss. Im Frühjahr darauf, spross ein kleines Pflänzlein aus der Blumentopferde. Dieses pflanzte er in ein Gartenbeet, wo es weiter gedieh. Den definitiven Standort bekam das Bäumchen 1959, als das neue Bankgebäude erstellt wurde. So schön der Baum auch war, während mehr als dreissig Jahren blühte er nie. Als 1978 das Wohnhaus der Familie Steffen gebaut wurde, war man drauf und dran, den Baum zu fällen. Hans Tanner, ein alter Gärtner, wusste einen ungewöhnlichen Rat. Aber lassen wir Steffen doch selber erzählen: «I ha denn em Tanner Hans gseit, ‹söune äch ummache? I hane Boum wöue, wo blüeit›. U när heter gseit: ‹Heschne einisch beschwore?› ‹Was beschwore?› När het

er gseit: ‹Du muesch däm drohe. Droh ihm! E Pflanze die läbt. Di versteit di nid, di ghört nid, aber die weiss, was e Bedrohig isch. Di merkts. Du muesch di feschti Absicht ha, i mache di um, we du vo jetz a nid blüeisch. U rüerne a derzue, häb d'Häng druf. Du wirsch vilech lache.›

‹Nei i lache nid, we du das kennsch.›

Seit er: ‹Probiers, du wirschs gseh.›

U das hani gmacht, mehrfach. D'Häng druf gha, weisch, u gseit: ‹Du weisch, i ha Freud a dir u du blibsch schto, solang dass i lääbe, aber wede nid blüeisch, mues di ummache. De muesch go.› Dä het vo dert a blüeit. Wunderbar.»
*Gespräche mit Rolf Steffen, 2015–2018.*

***Tschingelalp und Ruedis Metzg***
Diese Anekdote ist in der Pfäffli-Geschichte bereits detailgetreu dargestellt. Es waren damals jedoch nicht drei, sondern zwei Jäger beteiligt. Die hiessen Fritz Linder und Toni F.

Nur wenigen ist der genaue Ort von «Ruedis Metzg» bekannt. Deshalb ist der Grotte, hoch oben in den Klüften über dem Walensee, seine ganz eigene Magie erhalten geblieben. Noch heute sind ein alter Tisch, eine Holzkiste und ein paar Rehbockhörner die stummen Zeugen längst vergangener Zeiten.

***Die Sage vom Bärhegen***
(Buchauszug.) We dr Bur lot d'Ross azieh, so seit er wie z'Grossättis Zeit: «Hü, i Gotts Name!» Aber i weiss öppis z'brichte, wo das nid guet isch use cho.

Uf Bärhegen isch vor viel hundert Johren es Zwinghereschloss gsi, wo jetz verschüttet isch. I dr heilige Nacht längt e Diechsle us em Chnübeli vüre, u d'Lüt hei gseit, mi mües vier Schümmle, wo nid es einzigs schwarzes

Hörli heige, a di Diechsle legge un i de drei heilige Näme lo azieh; de chöm us em Chnübeli vüre dr Wage mit viel guldige Sache druff.

E Burema het das gwogt. I dr heilige Nacht isch er drahi u het vier Schümmle agleit. Süferli het er lo azieh u: «Hü, i Gotts Name!» Jetz isch es gfählt gsi! D'Ross hei azoge; aber Diechslen isch zrugg u het dr Bur u d'Ross i Bärg ihe gschrisse.

*Sooder, Melchior (1929). Sagen aus Rohrbach. Seite 137. Huttwil: Schürch.*

### *Vom «Ume choo»*

(Buchauszug.) Darin, dass unser Volk trotz so manchen Augenscheins an solchem Glauben unbeirrt festhält und nichts ihm denselben aus dem Herzen reissen kann, spricht sich mächtig und tief, in Respekt gebietendem Lebensernste, die Überzeugung aus, dass es eine Gerechtigkeit und eine Vergeltung gebe, und dass kein Tod ihr Walten zu ändern, zu brechen vermöge.

Aus diesem Grund haftet im Volksgemüte keine Vorstellung zäher als die vom «Ume choo». Der und der Tote muss wiederkommen zur Abbüssung einer Strafe, der er bei Leibesleben entgangen. An einem andern aber ist ein Unrecht, ist ein Verbrechen geschehen, unentdeckt und ungesühnt. Und jetzt kehrt der Tote wieder, um es in dieser oder jener Weise den Lebenden zu künden, damit sie den Übeltäter entdecken und strafen. Erst so gelangt der Tote zu seiner Ruhe.

Entsprechend der Anzahl ungebüsster Frevel greift (...) ein ganzes Reich «Fried- und Ruheloser» ins Menschenleben ein. Wer dem Anstösser eine Furche abgefahren hat, dass der Marchstei nun «ganz blutt u chrumm dasteit»;

wer gar solchen Stein zu versetzen gewagt; wer ungerechtes Gut vergraben hat; wer mit Mass und Gewicht nicht ehrlich, sogar wer damit gegenüber Armen nicht freigebig umgegangen ist; wer als Jäger einen Hasen im Neste geschossen (sozusagen sein Hausrecht verletzt) hat, statt ihn aufzujagen; wer in ungeweihtem Boden ein unzeitig Kind vergrub; wer einen falschen Eid geleistet: dä oder die mues umecho.
*Friedli, Emanuel (1905). Bärndütsch als Spiegel bernischen Volkstums. Band 1: Lützelflüh. Seiten 579–580. Bern: Francke.*

***Das Geisterhaus***
Es gibt viele Geistergeschichten im Emmental. Mir sind mehrere Häuser und Orte bekannt, in denen sich dergleichen abgespielt haben soll. Nicht alle Erzählungen stammen aus gleich zuverlässiger Quelle, zumal es Menschen gibt, die hinter jedem Busch Gespenster sehen. Die oben erzählte Geschichte stammt aber aus sicherer Quelle, nämlich vom Dürrenrother Kunstmaler Fred Baumann. Fred zog sich vor einigen Jahren in eine abgelegene Gegend zum Malen zurück. Dort wohnte er einige Tage in einem leer stehenden Bauernhaus. Nacht für Nacht, ungefähr um die Geisterstunde, begannen in der Küche Pfannen zu scheppern. Baumann hörte dabei menschliche Stimmen, welche sich in einer unbekannten Sprache zusammen unterhielten. Baumann ärgerte sich über den Lärm und warf einen Schuh an die Türe. Das nützte nur für einen Moment, dann ging der Lärm wieder los. In den darauffolgenden Nächten zog er es vor, draussen zu übernachten. Am Wochenende kamen Freunde zu Besuch. Fred erzählte ihnen nichts von den Vorfällen und quartierte die Leute

im Haus ein. Er selber schlief wie gewohnt draussen. Im Laufe der Nacht, um die gesagte Stunde, verliess einer nach dem anderen das Haus. Einer sagte: «Da drin chame nid schlafe, da geischterets ...»

### *E bösi Fleuge*

(Buchauszug.) Uf em Mischleberg isch vor vielne Johren e Bur gsi. Mir wei ne Spahr namse. Aber eigetli het er nid so gheisse; dr Name tuet am Änd nüt zur Sach; gä wie liecht chönnt's öpper lätz verstoh; mi weiss wie d'Lüt si. Dä Bur isch i dr Landsassechammer gsi u het meh chönne weder Brot ässe.

Einisch hei si z'Bärn obe Sitzig gha. A der Wang isch e Fleuge ghocket. Du het der Spahr dr Finger ufgha u dr Fleuge dröiht. Die isch im Augeblick dervogfloge. Froge di angere, warum är das gmacht heig. Säg är: «Jo, Manne, das isch drum e ke rächti Fleuge gsi. Das isch dä u dä u het ihm dr Name gä. Dä het ume welle lose, wär ihm z'Lieb oder z'Leid redi.»

Gewisse Menschen verfügen über geheimnisvolle Kräfte. Sie vermögen die Seele, welche sich auf die Wanderschaft begibt, um Unheil zu stiften, vom Leibe zu lösen. Die Katzen kommen als Seelentier seltener vor; meistens kehren im Volksglauben Maus, Fliege, Wiesel und Vogel als Seelentierchen wieder; denn sie kennzeichnet vor allem ein behendes, flinkes Wesen. Wenn aber noch heute der Glaube lebendig ist, einzelne Menschen besässen die Fähigkeit, sich in Fliegen, Vögel oder Mäuse zu verwandeln, so klingt darin unausgesprochen die alte Vorstellung von den Seelentierchen an.

*Sooder, Melchior (1929). Sagen aus Rohrbach. Seite 12. Huttwil: Schürch.*

***Der Maibaum***

Die Geschichte habe ich selber erlebt. Sie spielte sich während meinen «Flegujahren» ab. In einer Zeit also, in der ich mit meinen Kumpanen nächtelang mit dem Töffli durch die Gegend kurvte und dabei den Kopf so in die Höhe streckte, als wollte ich fragen: «Wie viel kostet die Welt? Ich will sie kaufen!» Der Routenverlauf orientierte sich jeweils an Wirtschaften, Waldfesten und hübschen Mädchen. Eines davon hauste in einem Bauernhof im Rohrbachgraben. Einer von uns hatte ein gewisses Interesse an ihm bekundet. Weil nun gerade der 30. April war, entschlossen wir uns spontan, dem Mädchen ein Maitannli zu stellen. Das Projekt hatte seine Tücken, zumal es schon dunkel war und wir weder über vernünftiges Werkzeug noch über ein geeignetes Transportmittel verfügten. Mehr schlecht als recht fällten wir im nahegelegenen Wald eine Tanne (welche vermutlich dem Vater der Angebeteten gehörte) und transportierten sie irgendwie zum Bauernhaus. Mit dem Aufstellen klappte es erstaunlich gut. Die Tanne stand schon fast senkrecht, als plötzlich ein leicht federnder Widerstand zu spüren war. Irgendwann stand das Ding. Erst später erfuhren wir, dass die Tanne mit der Telefonleitung kollidiert und dass deswegen im Nachbarhaus das Telefon mehrmals geklingelt hatte. Dort wohnten die Grosseltern des Mädchens, welche unser Tun unbemerkt beobachtet hatten. Die hatten natürlich ihr Gaudi an unserer Stümperhaftigkeit.

***Der Kaltenegger***

Während der Kriegsjahre beanspruchte ein Rehbock für sich ein Revier auf der Chaltenegg. Das mit Wiesen, Weiden, Lichtungen und unterholzreichen Waldbeständen durchsetzte Gebiet zwischen Dürrenroth und Rohrbachgraben bot ihm einen idealen Lebensraum. Mancher Jäger hätte den Bock gerne erlegt, aber keinem gelang es. Die Mythen um das Tier mehrten sich. Der Bock erlangte eine gewisse Berühmtheit und war weitherum als «Chaltenegger» bekannt. Der Stationsvorstand von Rohrbach, Ernst Billeter, schrieb sogar ein Gedicht über ihn. So mythenumwoben wie sein Leben war auch sein Tod. Plötzlich war er nicht mehr da. Irgendwer musste ihn geschossen haben. Über das wer, wann und wie wurde wohl spekuliert, aber niemand wusste Genaueres. Verschiedene Jäger wollten es gewesen sein. In welchem Keller der Kaltenegger eingepfeffert wurde und wessen Stube sein Geweih nun ziert, wurde nie geklärt. Vermutlich war er das Opfer eines Wilderers.

***Die Hinrichtung***

Eine der letzten Hinrichtungen im Kanton Bern erfolgte 1861 in Langnau. Zusammen mit zwei Komplizen wurde das Ehepaar Jakob und Verena Wisler des Mordes an Andreas Schlatter schuldig gesprochen. Dieser galt als habgierig und geizig und habe, so beschrieb es Jakob Wisler im Begnadigungsgesuch, seine Familie bezüglich Miete und anderen Vertragsbestimmungen ungerecht behandelt. Das Gesuch wurde abgelehnt. Das Urteil: Tod durch das Schwert. Rund 12 000 Schaulustige pilgerten nach Langnau, wo die Eltern von vier Kindern am 8. Juli 1861 ihren letzten, demütigenden Gang in aller Öffentlichkeit zum Richtplatz im Ramserengraben antraten.

(Auszug aus der Berner Zeitung, 11. Juli 1861.) Die gestrige Exekution bei Langnau fand in einem sogenannten «Krachen» statt, dessen Abhänge ein Wald bedeckt, der sich bis nahe an's Schaffot erstreckte. Die Zuschauer-

menge, vom Scharfrichter Mengis auf 12000 geschätzt, hatte ringsum Posto gefasst. Die Hinrichtung der Frau Wissler, die, wie man uns versichert, vorher verzweiflungsvoll sich das Gesicht mit den Nägeln zerkratzte, erfolgte um halb 6 Uhr; nach ihr bestieg ihr Mann das Blutgerüst und sein Kopf fiel um 6 Uhr 12 Minuten.
(Der Hinrichtungsplatz befindet sich bei Koordinate 629000/196650, Anm. d. Verf.)

***Melchior Sooder***

Noch ein Wort zu Melchior Sooder (1885–1955), dessen Aufzeichnungen hier mehrmals zitiert werden: Sooder stammte aus Brienzwiler und war Lehrer in Rohrbach von 1916 bis 1949. Er sammelte volkstümliches Erzählgut und veröffentlichte sie in den Bänden «Sagen aus Rohrbach» (1929), «Zelleni us em Haslital» (1943) und «Habkern» (1964). Als bedeutender Volkskundler erforschte er Bräuche, Historizität und literarische Quellen von Sagen. Ein Zeitzeuge von Sooders Vorgehensweise ist Ruedi Kölliker (1944), «Linden»-Wirt in Rohrbachgraben. Kölliker wuchs im Bauernhaus «Mösli» in Rohrbach auf (heute Toggenburgerstrasse). Wenn sich dort in der Stube die Leute nach der Arbeit jeweils zur geselligen Runde trafen, war Sooder oft dabei. Aber nicht in der Stube, sondern im Gaden oben. Zusammen mit dem damals kleinen Ruedi lag er dort auf dem Fussboden und lauschte den Geschichten durch das Ofenloch. So wurde er Zeuge einer unverfälschten, bäuerlichen Erzählkunst, wie sie damals landauf landab üblich war.

# Rezepte

*1947 gerieten die Linder Brüder von Walenstadtberg in Verdacht, eine Gams erlegt zu haben. Der von der Polizei gemachte Gipsabdruck eines Schuhs war identisch mit der Wildererspur im Wald. Ein fehlender Schuhnagel war das untrügliche Indiz für die Täterschaft. Fritz wurde von der Polizei und vom Wildhüter mit einem Jeep abgeholt. Vater Linder stellte sich im Dorf auf die Strasse und stoppte den Jeep. Es gab ein Handgemenge, Vater Linder schlug dem Wildhüter die Fäuste an den Grind und Fritz flüchtete. Natürlich wurde er trotzdem beim Bezirksgericht Flums zum Verhör vorgeladen. Statt der Tatwaffe zeigte er allerdings ein altes, ausgedientes Vetterligewehr. Der Bezirksammann runzelte die Stirn: «Mit diesem Gewehr wollen Sie eine Gams erlegt haben? Das hat ja gar kein Korn.» Fritz konnte glaubhaft machen, dass dies aufgrund der kurzen Distanz möglich war. Das Gewehr wurde konfisziert, die eigentliche Tatwaffe kam weiterhin zum Einsatz. Das Bussgeld betrug um die 1400 Franken.*

## Marthas Pfefferbeize

Die Mütter sahen es meist nicht gern, wenn ihre Söhne wilderten. Schliesslich bewegten sie sich nicht nur ausserhalb des Gesetzes, sondern oft auch auf sehr gefährlichen Bergpfaden. Martha Linder war eine tief religiöse

Frau, die ihre Söhne gerne vom Wildern abgehalten hätte. Trotzdem kam ihr das von ihnen erlegte Fleisch in den mageren Zeiten sehr gelegen.

***Zutaten (für ca. 1 kg Fleisch):***

*2–3* Zwiebeln
*4* Karotten
*5* Knoblauchzehen
*1* grosser (oder 2 kleine) Lauchstengel
*1 l* kräftiger Rotwein (z. B. Merlot, Barolo)
*1 dl* Apfelessig
*5* Lorbeerblätter
*10* Gewürznelken

***Zubereitung:***

Zwiebeln, Karotten, Knoblauch und Lauch in Würfel schneiden. Die Fleischstücke in einen Topf geben, mit Wein und Essig übergiessen (das Fleisch muss vollständig bedeckt sein). Alle anderen Zutaten beigeben und gut umrühren.

Den Topf mindestens 10–14 Tage im Keller oder im Kühlschrank stehen lassen. Jeden Tag einmal kräftig umrühren. Früher war Wein nicht für alle ohne weiteres erschwinglich. Deshalb wurde für die Pfefferbeize auch Most aus eigener Produktion verwendet. Man verwendete nicht den ganzen Most als Getränk, sondern liess bei einem Hundertliterfass einen Rest von 10–20 Litern übrig. Dieser Most vergärte allmählich in eine essigähnliche Flüssigkeit, die sich bestens zur Pfefferherstellung eignete.

Der bekannte Emmentaler Koch Fritz Gfeller veränderte die traditionelle Pfefferherstellung aufgrund eines Tipps von Lina Ryser. Diese kochte in den 1920er-Jahren in verschiedenen Bauernhaushaltungen und war für Gfeller die beste Köchin des Emmentals. Als eine der Ersten und entgegen der Meinung von Profiköchen kochte Lina den Sud auf, gab das Fleisch dazu, liess es noch einmal aufstossen und dann über Nacht in der Kühle ruhen. Durch diesen stark verkürzten Prozess konnten die Qualität des Weins beibehalten und der Eiweissentzug beim Fleisch verhindert werden. Beides wirkte sich positiv auf das geschmackliche Endergebnis aus.

*Das abgelegene Heimetli von Bauer M. stand an einem von Wald umgebenen Hang. Die saftigen Weiden ums Haus herum wurden von Schaf, Rind und Reh gleichermassen geschätzt. So kam es, dass M. eines Tages mit einem gezielten Schuss ein Reh zur Strecke brachte. Dummerweise wurde er dabei beobachtet und es kam zu einer Anzeige. Bei der Untersuchung des Falls wollte M. von nichts gewusst haben. Allerdings räumte er ein, dass sich einmal beim Gewehrputzen ungewollt ein Schuss gelöst habe, in dessen Flugbahn – man wisse ja, wie es manchmal dumm gehen kann – per Zufall ein Reh gestanden haben könnte. So unglaublich seine Argumentation auch klang, man nahm sie ihm ab. Erst bei der Kellerdurchsuchung verliess M. seine Überzeugungskraft. Denn aufgrund dessen, was dort alles aufgehängt war, musste man davon ausgehen, dass er sein Gewehr recht häufig putzte. Er verbrachte daraufhin einen längeren, staatlich finanzierten Aufenthalt im Schloss Blankenburg in Zweisimmen.*

## Linders Rehpfeffer

Fritz Linder wuchs in ärmlichen Verhältnissen auf. Nach der Schule arbeitete er als Knecht. Mit Fleiss und Geduld brachte er es bis zum eigenen Geschäft. Die Jagd war seine grosse Leidenschaft.

***Zutaten:***

| | |
|---|---|
| | Beize |
| | Rapsöl (1) |
| *4* | Portionen gebeiztes Rehfleisch |
| | Rapsöl (2) |
| | eventuell etwas Rotwein |
| *2 EL* | Weizenmehl |
| | Rahm |
| | Salz, Pfeffer |

***Zubereitung:***

Die Beize in einer Pfanne erwärmen. Etwas Öl (1) in eine Bratpfanne geben. Die Fleischstücke darin braun anbraten, dann in die Pfanne mit der Beize geben (falls die Flüssigkeit knapp ist, etwas Rotwein nachgiessen). Das Weizenmehl in der Bratpfanne mit etwas Öl braun rösten (immer rühren, damit es nicht anbrennt), in den Sud geben und umrühren. Das Ganze 1–2 Stunden köcheln (Kitzfleisch 1 Stunde, Fleisch von älteren Rehen 2 Stunden). Einen Schuss Rahm in die Sauce geben, mit Salz und Pfeffer abschmecken.

*Ernst W. vom Oberen Horn war mit dem Bockwägeli im Hornbachgebiet unterwegs. Zusammen mit einem Freund besuchte er die Farnlialp. Dort sömmerte er jeweils seine Rinder und so gab es einiges zu besprechen mit dem Hirten. Natürlich war bei solchen Gelegenheiten der Schrauber dabei. Im Ländergrabe erlegten sie einen Rehbock, welcher hinten aufs Bockwägeli verladen und mit Tannästen abgedeckt wurde (die Mutter brauchte Deckäste im Garten …). Bevor es heimzu ging, kehrte man noch im Riedbad ein. Kurz darauf betrat der Landjäger die Gaststube: Es sei dem Vernehmen nach geschossen worden, ob jemand etwas gehört habe? Keiner hatte etwas gehört, worauf der Landjäger ein Gläschen Wein bestellte. Als man übereinkam, «me söt langsam», bot man dem Landjäger eine Mitfahrgelegenheit an: «Aber häb di de, mis Ross isch echli e Chouderi!» Das stimmte nicht. Das Pferd «isch e ganz freini Mähre gsy». Ernst stocherte dem Pferd allerdings mit dem Peitschenstock unbemerkt am Hintern herum, damit das Gefährt «i eim Garacho» gegen Wasen zu stieb und der Landjäger keine Zeit hatte, einen genaueren Augenschein des Fuhrwerkes zu bekommen. Als Lohn für den Taxidienst zahlte er im «Rössli» zu Wasen noch einen Halben.*

## Gefüllte Wildtauben

Das Rezept ist einem handgeschriebenen Heft entnommen, welches Marie Bärtschi (1881–1932) von ihrer Mutter zur Hochzeit mit Ernst W. ausgehändigt bekam. Der hier verwendete Text wurde ohne Korrekturen dem Original entnommen.

***Zubereitung:***
Die Tauben werden trocken gerupft, flammiert und ausgenommen. Sie werden unten beim Bürzel aufgeschnitten, damit man sie, wenn gefüllt, wieder zunähen kann. Damit Herz, Leber und Magen gut gereinigt werden sie mit vier Zwiebeln feingehackt, Salz, Pfeffer und Muskat, 1–2 Eier gut gewürzt, alles gut durcheinandergemischt und die Tauben damit gefüllt. Lässt man Speckwürfeli oder Fett in einer Pfanne heiss werden, gibt die Tauben samt einem Rüblein, ein wenig Petersilie und Zitronenspritzchen 1 Lorbeerblatt, ½ Glas Weisswein, 2–3 Schöpflöffel Fleischbrühe oder Wasser und beliebig 2–3 Löffel Essig hinein, lässt sie schön gelb braten. Hierauf wird ein Löffel Mehl dunkelbraun geröstet und mit der Bratpfanne aufgekocht, dies alles über die Tauben geschüttet und unter öfterem Begiessen wenig gekocht. Vor dem Anrichten gibt man noch ein wenig Zitronensaft hinein. Auf eine andere Art können die Tauben auch ohne Füllung in den Ofen gebracht werden, im übrigen wie ein anderer Braten behandelt wird.

*Ein Wilderer, dessen Namen hier nicht genannt werden kann, zog eines Abends los, um seiner verbotenen Leidenschaft zu frönen. Nennen wir ihn doch einfach Godi. In Ferrenberg bei Wynigen versteckte er sich im Gestrüpp eines Waldrandes. Die Sonne versank hinter dem Jura, der Vollmond stieg auf und beleuchtete die Wiese im Schussfeld des Jägers. Es dauerte auch nicht lange, da machte sich der erste hungrige Gast bemerkbar: Ein Hase hoppelte daher und begann sich am jungen Gras gütlich zu tun. Die Entfernung war noch zu weit für einen Schuss. Godi wartete ruhig in seinem Versteck. «Chum no chly», dachte er, zog vorsichtig den Hahn seiner Flinte nach hinten und legte den Finger an den Abzug. Mit ein paar Sprüngen begab sich der nichts ahnende Hoppelmann tatsächlich in eine Position, welche die Aussicht auf einen sicheren Treffer immer grösser werden liess. Er kam noch näher und die Spannung stieg von Sekunde zu Sekunde. Ein ohrenbetäubender «Chlapf» zerriss die Stille. Der Hasenkörper überschlug sich und blieb leblos im Gras liegen. Gespenstisch hallte das Echo durch die Nacht. Dann war es still. Bleich wie ein Leichentuch starrte Godi entsetzt auf sein Gewehr, dessen Abzug er gar nicht betätigt hatte und dessen Hahn immer noch gespannt war … Er brauchte ein paar Sekunden, um zu verstehen: Ein zweiter Wilderer hatte es in unmittelbarer Nähe auf den gleichen Hasen angelegt gehabt und kam ihm eine Fingerbewegung zuvor. Geistesgegenwärtig sprang Godi auf das Feld hinaus, packte die Beute an den Hinterläufen und machte sich vergnügt davon. Der Schütze zeigte sich nicht. Er zog es vor, sich verdeckt zu halten, und überliess die Beute dem lachenden Gottfried.*

# *Gefüllte Wildhasenkeule*

In früheren Zeiten war der Feldhase in unseren Breitengraden sehr verbreitet. Aufgrund der fehlenden Lebensräume und der Zunahme der Greifvögelpopulation ist der Hase selten geworden. Die Hasenjagd wurde im Kanton Bern 1991 eingestellt.

***Zutaten:***

| | |
|---|---|
| *½* | Stange Frühlingslauch, fein geschnitten |
| *1* | Schalotte, fein geschnitten |
| *5* | Tranchen Bündner Rohschinken, fein geschnitten |
| *1* | gepresste Knoblauchzehe |
| *80 g* | Butter |
| *100 g* | Weissbrotwürfel |
| *1* | grosses Ei |
| *2 EL* | gehackte Petersilie |
| *1 TL* | frischer Thymian |
| | Salz, weisser Pfeffer, Muskatnuss |
| | |
| *4* | Wildhasenkeulen à ca. 180 g, vom Schlussknochen getrennt und hohl ausgelöst |
| | |
| *1* | Schweinsnetz, gewässert und ausgedrückt |
| | Öl, zum Braten |
| | Butter, zum Schwenken |

***Zubereitung:***
Lauch, Schalotte, Rohschinken und Knoblauch in der heissen Butter kurz anziehen lassen. Die Brotwürfel dazugeben. Abseits vom Herd mit Ei, Petersilie, einem Drittel des Thymians, Salz, Pfeffer und Muskatnuss gut vermengen.

5 Minuten ruhen lassen. Die Wildhasenkeulen mit der Masse füllen (nicht zu prall). Das Schweinenetz ausbreiten und die Keulen darin einwickeln. Bei mittlerer Hitze in heissem Öl 10–12 Minuten garen. Kurz ruhen lassen. Vor dem Servieren die Butter schmelzen, den restlichen Thymian beigeben und die Keulen darin schwenken.

*Aussergewöhnliches Jagdglück hatte Bauer F. Als er einmal an einem Sonntagvormittag die Weide oberhalb des Hubbachs «erläse het», sprang ein Hase auf und floh Richtung Rotwald. F. schoss, glaubte aber, das Tier verfehlt zu haben. Dann sprang ein zweiter Hase auf, welcher gegen Huben davonhoppelte. F. feuerte die zweite Ladung ab. Der Hase überschlug sich und war tot. Als sich F. noch einmal umdrehte, sah er auch den ersten Hasen den Hang hinunterrollen. Damals hatten die Leute keine eigene Gefriertruhe. Aber es gab bereits Mietfächer in einem Gefrierraum in Dürrenroth. Dort wurden die Hasen gelagert. Von Mutter F. fein säuberlich verpackt und beschriftet: «Löffelmann» und «Lampohr».*

# *Vreni Flükigers Rehleber*

Vreni Flükiger unterrichtete von 1956–1999 die Unterstufe im Hubbach bei Dürrenroth. Neben vielen anderen brachte sie auch dem Autor dieses Buches das Schreiben bei.

***Zutaten:***

| | |
|---|---|
| | Butter |
| *1* | frische, fein geschnittene Rehleber |
| *½* | Zwiebel |
| *1 EL* | Petersilie |
| | Salz, Pfeffer |

***Zubereitung:***

Eine Bratpfanne erhitzen. Die Butter dazugeben und schmelzen, bis sie bräunlich wird (nicht überhitzen). Die Temperatur minim zurückstellen. Die Leber in die Pfanne geben, kurz anbraten. Zwiebel und Petersilie dazugeben, durchrühren. Alle Zutaten während 1–2 Minuten weiterbraten, in Bewegung halten. Mit Salz und wenig Pfeffer abschmecken und servieren.

*Ernst Wisler vom Eggisberg (1893–1973) war in seinen jungen Jahren einmal mit einer Gruppe von gut und gerne zwanzig oder mehr Männern am «Schlychere». Dabei unterliessen sie es nicht, den mächtigen Durst, der solche Beschäftigung in sich trägt, in der Wirtschaft Oberwald zu bekämpfen. Der Wirt, Johann Friedrich Steffen, verfügte über einen Keller voll gut gelagerten Féchy und Johannisberger, was dieses Unterfangen zur höchst vergnüglichen Angelegenheit werden liess. Die Stunden verflossen wie der Wein und es wird wohl schon gegen Abend gewesen sein, als einer der Anwesenden nach kurzem Austreten ganz aufgeregt in die Gaststube hineinstürmte und Alarm schlug: «Der Landjäger chunnt!» Dieser Bescheid wirkte wie Zunder. Lärm und Spektakel waren gross, man verstand im Getümmel kaum noch das eigene Wort. Die Holzbretter am Boden rumpelten wie ein aufkommendes Gewitter unter dem Getrampel der schweren Schuhe. Als aber der Landjäger das Wirtshaus betrat, sassen wieder alle seelenruhig an den Tischen. Tabakrauch hing unter den Lampenschirmen, die Männer drehten sich mit Unschuldsmienen dem Gesetzeshüter zu und grüssten freundlich. Dieser liess sich nicht beirren und begann Kutten und Mäntel nach Waffen abzutasten. Er öffnete Schränke, hob Vorhänge, kroch unter Tische und inspizierte auch die dunkelsten Winkel unter den Bänken. Zwischendurch musterte er mit strengem Blicke die verdutzten Gesichter der Anwesenden. Trotz seines zuverlässigen Instinkts blieb seine Suche erfolglos und er zog unverrichteter Dinge von dannen. Die Wilderer hatten nämlich die handlichen Einzelteile ihrer*

*Schraubergewehre am einzigen Ort versteckt, der dem Landjäger unverdächtig erschien: im Backofen.*

# *Rehschnitzel à la Werner*

Ein Rezept von Werner Friedli, Oberhelfenschwil.

***Zutaten:***

| | |
|---|---|
| *600g* | Rehschnitzel |
| | Senf |
| | Salz, Pfeffer |
| | etwas Mehl (1) |
| *10* | Pfefferkörner |
| *10* | Wacholderbeeren |
| *1 EL* | Mehl (2) |
| *10g* | Steinpilze |
| *1 dl* | Pilzwasser |
| *1 dl* | Weisswein |
| *1 dl* | Rotwein |

| | |
|---|---|
| *1 EL* | Gin |
| *2 EL* | Orangenlikör |
| *2 EL* | Birnensaft |
| | ein wenig abgeriebene Orangenschale |
| *2 EL* | saurer Halbrahm |
| | Worcestersauce (Maggi) |
| *1* | Messerspitze Piment |
| *1 dl* | Schlagrahm |

***Zubereitung:***

*Fleisch* Das Fleisch gut enthäuten, von eventuellen Sehnen befreien und in ca. 2 cm dicke Scheiben schneiden. Etwas Senf darüber verteilen. Mit Salz und Pfeffer würzen. Mit Mehl (1) bestäuben. Die Schnitzel kurz anbraten (Fingerprobe). Aus der Pfanne nehmen und im Backofen bei ca. 80 °C warm stellen.

*Sauce* Pfefferkörner und Wacholderbeeren zerdrücken. Das Mehl (2) im Bratfond leicht bräunen. Die Steinpilze einweichen, kleinschneiden und andämpfen. Pilzwasser und Weine dazugeben. Gin, Orangenlikör, Birnensaft, Orangenschale, Halbrahm dazugeben. Umrühren und aufkochen, mit Worcestersauce und Piment abschmecken. Mit Schlagrahm verfeinern. Die Sauce über die Schnitzel giessen und servieren.

*Wildschweine kennen kein eindeutig abgegrenztes Territorium und so kam es früher ab und zu vor, dass Schwarzwildverbände durchs Emmental zogen. Erst mit der Eröffnung der A1 wurde deren Wanderlust eine Grenze gesetzt, welche sie zwang, sich jenseits der Strasse in den nördlichen Gebieten aufzuhalten. Anfangs der 1950er-Jahre war dem noch nicht so und wieder einmal sorgten in Dürrenroth ein paar Schwarzkittel für Aufregung. Neben den staatlich lizenzierten Jägern machten sich auch Alfi, Fritz und Fred auf die Socken. Sie zogen los, hinunter zum Wald, überquerten das Bächlein und dann pirschten sie den steilen Waldweg auf der anderen Talseite hinauf zum «Eggisberg-Boden». Als sie sich in der Gegend der Fuchsbauten befanden, war Jagdhundetreiben beim Tanzplatz vernehmbar. Aufgrund ihres jagdrechtlichen Sonderstatus wollten sie unentdeckt bleiben und so entschieden sie sich für den Rückzug. War es Frust, Enttäuschung oder Übermut, wir wissen es nicht: Plötzlich ballerte einer von ihnen irgendwo in den Hügel hinein. «Du dumme Cheib», soll ihn einer der anderen getadelt haben. Ein Bub aus der Nachbarschaft hörte den Schiesslärm und rannte herbei, hoffend, einen erlegten Schwarzkittel zu Gesicht zu bekommen. Die «Schlychjeger» wimmelten ihn ab: «Da füre si si!», und zeigten in Richtung «Moosmatt». Danach machten sie sich aus dem Staub und eilten heim. Bauer S., Mitglied der offiziellen Jägerschaft und einer, der in solchen Belangen das Gras wachsen hörte, war zeitlebens davon überzeugt, dass die drei Wildschützen damals eine Wildsau erbeutet hatten. Dies wurde von ihrer Seite heftig dementiert. Allerdings machte Fred in gewissen Momenten Andeutungen, die den Ausgang der Geschichte eher im Sinne von S. vermuten liessen... Wir werden es nie wissen. Sicher ist, die Wildschweine sind deswegen nicht ausgestorben und unterdessen vielerorts zur regelrechten Plage geworden.*

# *Schwarzchutte-Brägu*

Dieses Rezept von Dänu Wisler passt auch bestens zu normalem Schweinebraten oder Hirsch.

***Zutaten für 4 Personen:***

| | |
|---|---|
| | Olivenöl (1) |
| *2* | kleine oder 1 grosse Zwiebel(n), gehackt |
| *2* | Karotten, in Scheiben geschnitten |
| *2* | Knoblauchzehen, fein gehackt |
| *150 g* | schwarze Oliven, püriert |
| *240 g* | Tomaten, gehackt |
| *120 ml* | Traubensaft |
| *1* | Tasse Gemüsebouillon |
| *2* | frische Rosmarinzweige, fein gehackt |

| | |
|---|---|
| *600 g* | Wildschweinbraten |
| | Senf |
| | Meersalz, Pfeffer |
| | Olivenöl (2) |

***Zubereitung:***

*Sauce* Zwiebeln, Karotten und Knoblauch im Olivenöl (1) andünsten, bis der Knoblauch etwas Farbe bekommt.
Die pürierten Oliven dazugeben.

Die Zutaten bei mittlerer Temperatur köcheln lassen. Tomaten, Traubensaft, Gemüsebouillon und Rosmarin beigeben. 15 Minuten köcheln lassen.

*Fleisch* Das Fleisch mit Senf einmassieren, mit Salz und Pfeffer würzen und etwa 30 Minuten ruhen lassen. Eine Bratpfanne erhitzen, etwas Olivenöl (2) beigeben. Das Fleisch von allen Seiten kurz und scharf anbraten. Das Fleisch in eine Gratinform legen und die Sauce dazugeben. Im vorgeheizten Ofen bei 80 °C bis zu einer Kerntemperatur von 65 °C schmoren lassen. Den Braten mit Alufolie zudecken und bei 50 °C 15–30 Minuten ruhen lassen. Bei Bedarf das Fleisch beiseitelegen, die Sauce aufkochen und abschmecken. Das Fleisch in dünne Scheiben schneiden, anrichten und servieren.

—

*In der «Krone», im von Lützelflüh nur durch die Emme geschiedenen Goldbach, soll Gotthelf oft in aller unbemerkter Stille im Nebenstüblein seinen Schoppen getrunken haben, wobei er den Gesprächen der Bauern, die nebenan in der Gaststube zechten, aufmerksam zugehorcht und sich ihre Äusserungen gemerkt habe. Sicher ist, dass er mit dem damaligen «Kronen»-Wirt, dem Wisler-Chäpp, auf bestem Fusse stand und auch mit ihm jagen ging. Denn Pfarrer Bitzius war, wie ja aus seinen Schriften ersichtlich ist, ein begeisterter, kunstgerechter Weidmann. Zu jener Zeit bedienten sich die Jäger noch des Steinschlossgewehres. Als nun eines Herbsttages ein paar Jäger, zu denen auch Gotthelf gehörte, auf dem Ramsberg jagen gingen und jener, bevor sie sich auf Anstand begaben, einen Augenblick austrat, wobei er seine Flinte an einen Baum gelehnt zurückliess, schlug Wisler-Chäpp vor, dem Pfarrer einen Possen zu spielen. Also schraubte er ihm den Feuerstein aus seinem Steinschloss aus und ersetzte ihn durch eine alte, harte Käserinde. Worauf sich die Jäger zerstreuten. Gotthelf merkte den Betrug, schraubte einen Ersatzstein ein und bald darauf gelang es ihm, das einzige Häslein, das sich jenes Vormittags zeigte, zu erlegen. Dann tauschte er wiederum die Käserinde am Flintenschloss mit dem Stein aus. Als sich nun die Jagdgesellschaft zum «Znüni» besammelte, benahm sich der Pfarrer durchaus unbefangen, obwohl alle nach seiner Flinte schielten, bis sich Wisler-Chäp nicht länger enthalten konnte zu fragen: «Du, Pfarrer, mit was hesch eigetlig das Häsli gschosse?» «He, dänk mit der Büchse, mit was süsch?» «Aber, du hesch ja e Chäsrauft im Schloss!», meckerte Wisler hämisch; worauf ihm Gotthelf erwiderte: «Ho, es wird öppe vo däm Chäs sy, wo de dyne Chnächte gisch z'frässe!» Wisler-Chäp habe an jenem Tage keine weiteren Fragen an den schlagfertigen Pfarrer gestellt.*

*Loosli, C. A. (1937). Erlebtes und Erlauschtes. Seite 121. Rorschach: Löpfe-Benz.*

# Dachsvoressen

Heute unvorstellbar, früher sonnenklar: Auch Füchse und Dachse kamen in den Topf. Ein Rezept von Fritz Linder.

***Zutaten:***

| | |
|---|---|
| *1* | Dachs |
| | Kochfett oder Rapsöl |
| | Knoblauch |
| *1* | Zwiebel |
| *2* | Karotten, gewürfelt |
| *1* | Lauchstengel, längs geteilt und quer geschnitten (anstelle von Lauch kann auch Kohl verwendet werden) |
| | Rotwein, zum Ablöschen |
| *1–2* | Bouillonwürfel |
| | Bratensaucenwürfel |
| *4–5* | Lorbeerblätter |
| | Gewürznelken |
| | Salz, Pfeffer |
| | Butter, Mehl, nach Belieben (zum Abbinden der Sauce) |

***Zubereitung:***
Den Dachs nach dem Abschuss ausnehmen und das Fell abziehen. Das Tier über Nacht im Keller aufhängen. Den Dachs zerkleinern (etwa vierteilen), das Fett komplett abtrennen, die Rippen auslösen. Die Fleischstücke in einen Kübel geben und wässern (während mindestens 24 Stunden unter der Brunnenröhre ruhen lassen). Das Fleisch in Möckli schneiden. In heissem Kochfett oder Rapsöl anbraten.

In einer zweiten Pfanne werden Knoblauch, Zwiebel, Karotten und Lauch angedünstet. Mit Rotwein ablöschen. Bouillon- und Bratensaucenwürfel, Lorbeerblätter und Gewürznelken dazugeben und das Ganze unter Rühren aufkochen. Mit Salz und Pfeffer würzen. Das Fleisch dazugeben und 2 Stunden köcheln lassen. Die Sauce nach Belieben binden (Butter und Mehl zusammenkneten, die Masse der Sauce beigeben, alles gut umrühren und aufkochen).

*Linders Tipp zur Fuchs-Zubereitung:* Nur die besten Stücke verwenden (Läffli, Stötzli und Rückenstücke), dann zubereiten wie den Dachs oder zu Pfeffer verarbeiten.

*Es geschah an einem Herbsttag während der Jagd. Es war in der Zeit, als das bäuerliche Leben noch von Handarbeit und Pferdekraft geprägt war. In Eggisberg wurde Mist ausgefahren. Ein junger Bursche – nennen wir ihn einmal Alfred – lenkte einen von zwei Pferden gezogenen Mistwagen die «Haule» hinauf heimwärts, wobei er auf einem Jutesack auf dessen «Brügi» sass. Im nahen Wald krachte plötzlich ein Schuss. Wenig später torkelte ein angeschossener Hase aus dem Gehölz und suchte über die «Moosmatt», die Wiese unterhalb der «Haule», das Weite. Ein Jagdhund war ihm auf den Fersen. Alfred sprang vom Wagen, rannte den Abhang hinunter und gab dem Hasen mit dem Peitschenstil den Rest. Er packte die Beute in den Jutesack und setzte seine Fahrt gemächlich fort, und wie ich vermute, zündete er sich einen Stumpen an. Kurz danach traten einige Jäger aus dem Wald, weitere Hunde folgten kläffend der Blutspur, welche seltsamerweise mitten auf der Wiese abrupt endete. Die Jäger schauten sich ratlos an, vermuteten aber, dass der Fuhrmann etwas mit der Sache zu tun haben könnte: «Hesch du jetz dä Haas gno?» «Wi hätti äch söue e Haas chönne näh? I ha ja gar ke Büchse.» Dem war nichts entgegenzuhalten und da auch auf dem entladenen Wagen nichts Ungewöhnliches ersichtlich war, wurde der Fuhrmann mit Verdacht entlassen.*

# *Schlychjeger-Gaffee*

Lässt man bei diesem Rezept den Kräuterschnaps weg, erhält man das traditionelle «Gaffee Bätzi». Zu Grossvaters Zeiten ein beliebtes Getränk, welches in den Wirtschaften noch unter einem Franken angeboten wurde.

***Zutaten für 1 Liter:***

| | |
|---|---|
| *1 l* | Wasser |
| *5 EL* | gemahlener Kaffee |
| *1 ½–2 dl* | Bätzi (Branntwein aus Obstabfällen) |
| *½ dl* | Kräuterschnaps |
| | Zucker |

***Zubereitung:***

Das Wasser in einer Pfanne aufkochen. Das Kaffeepulver beigeben, kurz kochen lassen. Die Hitze reduzieren, den Kaffee 5–7 Minuten ziehen lassen. Die Brühe durch ein Sieb abschütten. Bätzi und Kräuterschnaps dazugeben. Nach Belieben süssen (2–5 KL Zucker pro Glas).

*Einmal klopfte es an der Türe. Die kleine Alice machte auf. Ernst J. wollte wissen, wo ihr Vater sei. Stolz über ihre ersten sprachlichen Fähigkeiten, gab Alice freimütig Auskunft: «Haas reiche…» Diese Antwort hätte Ernst zu rechtlichen Schritten bewegen müssen, schliesslich war er Jäger. Weshalb er es nicht tat, wissen wir nicht. Vielleicht stimmte ihn der entzückende Charme von Alice versöhnlich. Vielleicht musste auch etwas nachgeholfen werden. Sicher ist, dass ein Teil der Beute oder eine Flasche Schnaps sogar bei Gesetzeshütern Wunder bewirken konnte.*

## Gotte Alices Schlüüfferli

Alice Scheidegger ist die Gotte des Autors. Ihr Vater Fritz galt als leidenschaftlicher Jäger, ging aber stets «mit em Höuzige» auf die Jagd (das hölzerne Patent = Wildern im Volksmund). Alice ist eine hervorragende Gastgeberin. Zum Kaffee verwöhnt sie ihre Gäste gerne mit ihren berühmten Schlüüfferli.

***Zutaten:***

| | |
|---|---|
| *3* | Eier |
| *250 g* | Zucker |
| *1* | Messerspitze Salz |
| *½ TL* | Zimt (lässt Alice aus) |
| | Zitronenschale, nach Belieben |
| *5 EL* | Rahm |
| *2 EL* | Kirsch |
| *50 g* | Butter |
| *400–500 g* | Mehl |
| *2 TL* | Backpulver |
| | Backfett (Schweineschmalz oder Astra 10) |

***Zubereitung:***
Eier und Zucker schaumig rühren. Salz, evtl. Zimt und Zitronenschale, Rahm, Kirsch und die geschmolzene Butter dazugeben. Alles nochmals gut rühren. Mehl und Backpulver mischen, beigeben und rühren, bis ein dicker Teig entsteht. 1 Stunde kühl stellen.

Den Teig 4–5 mm dick auswallen. In 10 cm lange und 3 cm breite Streifen schneiden. In der Mitte aufschneiden und das eine Ende durchziehen. In einer tiefen Eisenpfanne das Backfett erhitzen. 6–8 Schlüfchüechli darin goldbraun backen. Mit einer Drahtkelle herausnehmen und abtropfen lassen.

*Tipp:* Zu diesem traditionellen Rezept gehörte noch ½ Teelöffel Zimt und abgeriebene Zitronenschale dazu. Diese Zutaten liess Alice aus. Stattdessen fügte sie den Schuss Kirsch dazu.

# *Über den Autor*

Dänu Wisler, *1965 in Sumiswald BE, ist in Eggisberg bei Dürrenroth BE aufgewachsen. Nach einer Mechanikerlehre besuchte er ein Jahr lang die Jazz-Schule in Luzern, wurde Religionslehrer, Jugendarbeiter in Thun und Spanien und baute in der Ostschweiz eine Musikschule auf. Heute ist er freischaffender Songschreiber, Gitarrist und Geschichtenerzähler. «Die Weiberbüchse» ist sein drittes Buch. Dänu Wisler lebt in Oberhelfenschwil SG im Toggenburg und ist Vater von drei Söhnen.